Алвег Спог

На качелях памяти

Сборник коротких рассказов

2024

**Всем пацанам и девчонкам
моего детства и юности
в городе Харькове**

посвящается.

Содержание

Выпендрёж без публики

Человек отличается от животного еще и тем, что совершает идиотские поступки.

Автор

- Если я не вернусь через четыре часа - ты знаешь, что делать,- я старался звучать, как один из героев знаменитого сериала «Rawhide.» Судя по ответу моей жены,

 -Я считаю это чистым идиотизмом! Тебя не изменишь!- я в своей попытке не преуспел.

Но последнее слово должно было остаться за мной и, поэтому, уже выходя за дверь, я откликнулся,

-Единственная возможность у женщины поменять мужчину — это когда он еще в подгузниках!

И поспешно добавил, — Это не моё мнение. Это я в книге прочитал.

Вообщем, я её предупредил.

Как только я вышел из дому, то сразу уткнулся лицом в раскалённое утреннее солнце. Где-то на мгновение в мозгах мелькнула мысль, что, может быть, жена была права. Но это была просто минутная слабость.

Я прошёл около полумили по грунтовке и остановился неподалёку от полуразрушенного деревянного домика. Ну, вот это и будет стартовая линия. И, надеюсь, в конце концов, и финишная черта.

Так, а теперь- предстартовая проверка (диалог с самим собой),

-Беговые шорты?

-На мне.

Кроссовки?

-На мне.

-Готов?

-Вроде.

-Пошёл!

И я побежал по этой грунтовой дороге.

Эта дорога проходила недалеко от нашего дома. Примечательна она была тем, что вдоль неё никто не жил и по ней никто не ездил. Зачем она была построена- тоже непонятно.

Я ездил по этой грунтовой дороге несколько месяцев назад для общего ознакомления. Несколько нежилых домов, которые стояли вдоль неё, выглядели, как декорации к экранизации "Хижина дяди Тома."

Несколько небольших вкраплений зелени вдоль дороги делали её еще более подходящей для моей цели. А цель была-пробежать по ней. Нет, не всю, а, скажем, небольшое кольцо. Ну, это где-то минут 25–30. Это то время, которое занимает поездка на машине по этому кольцу.

Но решил я самоистязать себя на этой дороге после одного знако-
вого диалога.

А произошло это где-то так. Два-три раза в неделю я делал
упражнения на свежем воздухе во время ланча. Врождённая
скромность не позволяет мне назвать эти упражнения **бегом.**

 Погодные условия в этом штате можно коротко охарактеризовать
одним предложением: с мая по декабрь- 37/90. Это значит, что
шесть месяцев без перерыва температура снаружи плюс тридцать
семь градусов Цельсия. И влажность тоже снаружи - девяносто
процентов. И дождь каждый день после полудня.

Другими словами, условия были идеальными для тренировки на
выносливость.

В один из дней, бегая трусцой вокруг здания нашей компании, я
встретил одного из моих коллег. Он возвращался с ланча в городском кафе в своём спортивном *Dodge Copperhead*. Он нашу
встречу позднее описывал, как "…встречу с дорожным фантомом."
По непонятной для меня причине он съехал на обочину и притормозил,

-Эй, коллега, ты в порядке? — это он спросил.

-…Глубокий вздох…пыхтение…какое-то хрюканье…снова пыхте-
ние… — это я ответил.

-Эй, ты меня слышишь? Ты в порядке?

-А…это ты…Привет!

-А чего ты идёшь вдоль дороги с закрытыми глазами?

-Идёшь?? Я бегу!

-Бежишь? И ЭТО называется бегом? Ты же медленно идёшь по обочине в тени деревьев! И, кстати, я б этого не делал на твоём месте.

-А чего?

-Ты что, забыл в каком штате мы живём? Здесь змеи живут на деревьях. Эй! Ты куда так резко рванул? Наш офис в другой стороне!

Эту встречу я переваривал недели две. Идёшь… Он сказал, что я иду…Это когда я бежал! Да и сказал это с усмешкой. Я же точно знаю, что бежал. По крайней мере, я намеревался бежать.

Вообщем, ответ на эту усмешку- мой пробег по заброшенной кольцевой дороге. Я должен убедить самого себя, что я не хожу, а бегаю. И это должен быть настоящий пробег, чистый. Что, в моем понимании, означало: без футболки, без солнцезащитных очков, и без воды. И никаких компаньонов!

Значит так: беговые шорты, кроссовки, кепка, и четыре слоя крема от загара. И этот крем наносится от волос на голове до голеностопов.

И вот сегодня, после трех месяцев тренировок, я готов.

Я начал бежать по искорёженному асфальту на обочине. Откуда искорёженный асфальт на обочине грунтовой дороги- вопрос к Википедии.

 Так, чтобы не было скучно, я начал считать телеграфные столбы. После первых восьмидесяти семи телеграфных столбов я оглянулся. То, что увидел, было прекрасной демонстрацией того факта, что человеческое тело на 87% состоит из воды. Мой пот отмечал мой каждый шаг. Как инверсионный след после самолёта.

Я прочитал несколько книг, посвящённых бегу и не могу ничего добавить к описанию общей усталости и ментального безразличия. Вообщем, к тому, что испытывает каждый, кто бежит на длинные дистанции.

Я не видел своей тени. Это был хороший знак. Это означало, что и я и Солнце движемся. Неподвижный воздух, насыщенный дикой влажностью, окутывал все. Создавалось впечатление, что бежишь внутри палатки с сауной.

  Мои надежды на дождь быстро испарились.   Во Вселенной не осталось ничего, кроме ослепляющей жары, обволакивающей влажности, медленно двигающихся перед моими полузакрытыми глазами телеграфных столбов и скрипа гравия под кроссовками.

Глаза закрываю. Бегу и вслух считаю до пяти,

-Раз…два…три…четыре… пять…

Глаза открыты. Всего пару минут.

И снова закрываю глаза и, продолжая бежать, опять вслух считаю до пяти,

-Раз…два…три…четыре… пять…

Процедура повторяется до тех пор, пока не надоедает считать. Стараюсь отвлечься и думать о чем-нибудь приятном. И сразу вспоминаю, что забыл вытащить из багажника фарш на котлеты. Больше отвлекаться не хочется.

Дорога не кончается. Может я уже пошёл по второму кругу? Уже 116-й телеграфный столб. А может это уже 161-й? Ну, хорошо, начинаем счёт сначала. Столб номер один…

Эта дорожная петля, которую я хотел пробежать, была вообще-то трапецоидом. Я уже пробежал две стороны его и приближался к третьей стороне. Я уже больше не потел и пить мне расхотелось. Моя первоначальная идея пробежать всю эту дистанцию мед- ленно и верно преображалась в другую амбициозную идею. Вы- жить бы!

В глазах начало щипать от блеска камней на дороге. Я старался держать их закрытыми сначала пять секунд, потом десять секунд. В конце концов дошёл до тридцати. К счастью, дорожное покрытие не было слишком "горбатым."

Я начал чувствовать, что мои ноги ведут себя странно. А точнее, они просто не хотят больше двигаться.   Все эти симптомы явно указывали на то, что конец уже близок.

Далеко впереди я увидел, что дорога сворачивает вправо. Это уже был второй угол. С большим умственным усилием я вспомнил, что у трапецоида четыре стороны. И это означало, что финишная линия уже не за горизонтом. Но не так близко, как бы мне хоте- лось.

 Я попытался быстро оценить свои оставшиеся физические воз- можности. Оказалось, что у меня в резерве есть еще один метод улучшить своё физическое состояние. Я еще мог петь. И я начал петь.

По необъяснимой причине я начал с песенки из прекрасного японского мультика «Kiki's Delivery Service.» Я не знаю японский, так что я начал петь, используя такие голосовые комбинации, как Ба-а-а, Бе-е-е.., Ва-а-а…, Му-у-у-у и, естественно, универсальное Мияу- мяу… Я думал, что помнил мелодию. Я слыхал её года три назад, когда мои дети смотрели этот мультик.

Вполне возможно, что моё пение напоминало многократно усиленное воспроизведение собрания козлов на пастбище. Но мой музыкальный слух улетучился вместе с моим потом где-то шестьдесят пять телеграфных столбов тому. Но все это работало. Я оказался в состоянии сделать еще семнадцать шагов.

Я не надеялся увидеть финишную линию с этого места. И не увидел. У меня появилось странное ощущение, что я здесь уже был.

Пейзаж на 360 градусов был одним и тем же. А если точнее- удручающим.

С трудом подавив желание просто двигаться наискосок через поле, я решил продолжать бежать по дороге. По дороге, которой, казалось, нет конца.

Может, вообще это не трапецоид, а этот…ну, как его… у которого десять сторон…? Эта мысль была очень стимулирующей. Настолько стимулирующей, что я оказался в состоянии продолжать бег.

Когда я увидел приближающуюся машину, я быстренько поскрёб по сусекам моей оставшейся энергии. Я поскрёб, но ничего не осталось. Словом, я решил напялить на себя бравый вид и начал петь ту же самую песенку из японского мультика.

Мои усилия не пропали даром. Машина притормозила и съехала на обочину. Дверь открылась и порыв холодного воздуха от кондиционера слегка освежил моё, скворчащее на солнце, лицо.

Лёгкая женская фигурка в белых брюках и голубой блузке обратилась ко мне,

-Зачем ты пытаешься имитировать голодного котёнка?

Знакомый, слегка саркастический тон в комбинации с девичьей фигуркой и властным поведением убедил меня в том, что это моя жена, а не иллюзия.

С достоинством,

- Мужчина может петь, что хочет, пока бежит.

-Петь? Только не надо мне говорить, что это жалобное мяуканье называется пением. Надеюсь, что никто не видел тебя в этом состоянии. Иди в машину!

--Зачем?

-Зачем??! Потому, что маленькие животные и великовозрастные идиоты не должны оставаться под палящим солнцем более трех часов. Иди в машину!

- А как далеко я от финишной черты?

-Я понятия не имею, где твоя финишная черта. Но ты уже точно выглядишь оконченным. Это без вопросов. Иди в маши...!

-Слышь, дай мне закончить то, что я делаю. Просто езжай за мной по дороге. И скоро я...

Никаких делов! Потому, что для того, чтобы закончить то, что ты делаешь- надо здесь разбить лагерь. И передвижную клинику.

— Вот только не надо мне…

- Отлично! Вот тест: некто сидит на обочине, мяукает, и сыплет песок в свои кроссовки. И вопрос: Кто это? Варианты ответов:

1. Идиот.

2. Полный идиот.

3. Мой муж.

4. Все вместе.

 В последний раз, черт бы все побрал, говорю: Иди в машину!

Я почти сделал это. Имею в виду, дошёл до машины. Сам.

 Единственное место, где мои мышцы не сводили судороги, это были уши. Поэтому я был вынужден выслушивать длинный перечень отборных, но вполне заслуженных определений. Но кондиционированный воздух в комбинации с холодным чаем и бананами настроили меня на философский лад.

 И только одна мысль доминировала всю поездку домой. Оказывается, наличие жены помогает выживать в экстремальных условиях. Иногда.

Дилетант

В известном фильме «В джазе только девушки» есть много запоминающихся фраз. Одна из них начиналась как-то так «…В жизни каждого делового человека наступает момент, когда…»

Я бы её слегка перефразировал. Ну, что-то вроде, «В жизни каждого нормального человека наступает момент, когда он должен начать думать о женитьбе.»

Ключевые слова здесь не *женитьба*, а …*начать думать*…. Ибо первая женитьба и мыслительный процесс – это как альпинизм на костылях.

Мои первые мысли о том, что лучше быть богатым и здоровым, чем бедным и больным, вошли мне в голову где-то к тридцати годам. Вернее, не вошли, а выломали дверь и громко сели, не спрашивая разрешения.

А вот желание строить домик из деревянных кубиков не одному, а, скажем, вон с той, что строит мне рожи из каждого угла, возникло в начальной группе детского сада. Почему с ней, а, скажем, не с Серёжей, мама которого продавала мороженое на соседней улице?

Почему наличие чудовищного банта, весноватого и очень курносого носа и сандаликов с белыми носочками привлекательнее бесплатного молочного мороженого – до сих пор не понимаю.

И о каком уважении с её стороны может идти речь, если я еще сижу на горшке, а она, пробегая по коридору, в приоткрытую дверь делает мне рожу! Конечно же, я обиделся и строить домик из кубиков с ней больше не хотел.

Спустя несколько дней моему удивлению не было предела, когда во дворе детского садика я запускал в плаванье папиросный окурок и она вдруг начала мне помогать. С этого момента ничему больше в женском поведении я не удивлялся. Хотя поводов было выше головы.

Уже в школе я сам пришёл к мысли, что нельзя никого идеализировать. И это, конечно, не касалось В.И. Ленина и И.В. Сталина. Сталин умер всего лет семь тому.

Но вот одноклассницу Томку я идеализировал. Во-первых, она не боялась прыгать через гимнастического «коня» и, как макака, лазила по канату. Во-вторых, вместо портфеля у неё была настоящая полевая сумка. Как у Чапаева, скорее всего. И в-третьих, она из дома приносила бутерброды с копчёным салом, которые пахли на всю школу.

Один раз я получил шматок этого сала. Вот за просто так. Стоял на переменке у стены, и пробегающая Томка оторвала от своего трёхэтажного бутерброда немаленький кусок и практически сунула его мне в рот. Это было неописуемо! Я имею в виду вкус.

И вот однажды выхожу из школы и вижу, как два упыря из шестого класса, скажем так, вытирают стенку, моим одноклассником. Тут из дверей выскакивают две подружки, одна из которых Томка,

-Эй, козлы, вы чего пацана трогаете? Хиляйте на бугор до мамки!

- Ты, сцыкуха! Какой это тебе пацан? Он же еврейчик!

- А-а, ну тогда другое дело,- и, смеясь, две подружки ускакали дальше.

  Идеализация испарилась мгновенно. И я еще даже не понимал, а почему.

Образование *тому, чему не учат в школе*, проходило во дворе нашей четырехэтажки. Во-первых, ругательства. Самые разные, от простых, до изощренных. Изощренные — это где-то в три строчки, через запятую.

 Для чего? Мы же видели и слышали, как и какими словами озлобленные от безнадёжности женщины встречают своих, колыхающихся без ветра, мужей. И что им мужья отвечали. Ведь когда мы женимся, надо же знать, что тебе жена скажет и что надо ответить!

Во-вторых, пора уже было знать откуда берутся дети. До практических уроков мы, недомерки, еще не тянули. А теоретическое объяснение состояло всего из двух рифмованных предложений, которые я не собираюсь здесь приводить. Достаточно сказать, что эти два предложения были краткие и очень графические.

Но, вот что интересно, так это то, что на наших дворовых девчонок это не распространялось. При них не ругались и в разговорах

похабщины не было. Был какой-то внутренний тормоз. Матер-
щина, как и похабщина при девочках, считались дешёвкой. Ниже
пояса.

Но когда кто-то из этих девочек, скажем, начинал курить среди
мальчиков, или, не приведи бог, материться, то тормоза отпуска-
лись. Эти девочки получали матерные характеристики полным ка-
либром без малейших скидок. Прямо в лицо. И в полный голос. При
них уже никогда не стеснялись. Даже справляли малую нужду. И
выправить такую репутацию уже было нельзя.

Первая дворовая заповедь, что я запомнил, это *Мужик без бабы –
лох*. До мужика я еще не дорос, но лохом тоже быть не хотел.
Так как почти все мои однолетки уже выгуливали своих избранниц
в близлежащем сквере и иногда даже присаживались на лавочки,
то действовать надо было быстро.

   Светка жила в нашем подъезде, ходила в мою школу и была такого же возраста. Хотя немного выше ростом. Я считал её симпатичной. Когда же я увидел, как она играет в волейбол и в прыжке
гасит мяч через сетку то понял, что этот божий дар надо хватать,
пока не перехватили.

Надо хватать! Спасибо, а как? На помощь пришла литература.
Вся мировая литературная сокровищница помещалась в нашей
16-метровой комнате на трех полках. Рядом со «Справочником
практического врача» в двух томах почему-то стояли «Сонеты
Петрарки.» А дальше толстая книга «Расчёты паропроводов высо-
кого давления,» какие-то «Таблицы логарифмов,» «Приключения
Чиполино,» «20000 лье под водой,» «Старый медвежатник,» и еще

две с половиной полки подобных шедевров. Книги мои родители брали в библиотеке.

Как всякий нормальный 14-летний оболтус я к поэзии относился как к «девчачьим завываниям.» Что такое сонеты- я понятия не имел. Петрарка сразу у меня ассоциировался с петрушкой. Вообщем, я считал, что это книжка о том, как варить овощи.

Случайно открыл эту книжку о том, как варить овощи. И читаю,

О Вашей красоте в стихах молчу

И уповать не смею на прощенье

И, силясь пробудить воображенье,

Упущенное наверстать хочу.

Но это мне увы не по плечу…

Переписал три сонета. Книжку кинул в портфель- на уроках прочитаю. На переменке подошёл к Светке и сунул ей в ладонь листик с переписанными сонетами. Естественно, я автора не указал.

В полном соответствии с заповедями праматери Евы Светка не задала идиотские вопросы, типа, Это мне? или, А что это?

 Она не начала разворачивать листок на людях. Она без слов спрятала листик в карман своего форменного фартучка, без выражения глянула на меня и ушла.

Я ждал реакцию несколько дней. Ни в одном глазу. Потом, на переменке, Светка, проходя мимо, так, невзначай, бросила,

-Мама просила зайти вечером.

Следует идиотский вопрос,

-Зачем?

Получаю прекрасный ответ,

- Пол в коридоре мыть!

И, фыркнув как кошка, Светка исчезла.

Так как она жила в нашем подъезде, то я знал куда идти и, даже, когда идти. *Вечером* означало – после работы, то есть, когда взрослые возвращаются домой, а дети делают вид, что только что окончили делать уроки на завтра.

Поскольку опыта в подобных визитах у меня не было, то я пошёл в гости хорошо перекусив дома. Светкину мать я видел, может, раз пять. Соседка по подъезду. И это все. По-моему, отца у Светки не было. Дверь мне открыл какой-то дед,

-Ты к кому, юнкер?

Вот так и сказал.

- Я к Свете.

Дед чуть отступил в сторону, давая мне пройти,

- К нашей Светлане жених пришёл!

И это громогласно. Из коммунальной кухни высунулись три женские головы. То, что они увидели, очевидно, было не то, что они ожидали. Захихикав, они снова скрылись на кухне. Мне резко захотелось уйти. Но тут вышла Светкина мать,

— Вот молодец, что пришёл! Мы как раз обедать садимся.

Я понимаю, что произвёл первоначально хорошее впечатление, так как не потянулся к вареникам. Света сидела напротив меня, почти не поднимая глаз. Ела быстро, чуть ли не давясь. А поев- быстро вышла из-за стола, мол, уроки, надо делать. Ага…

Все это происходило в одной комнате. Светкин небольшой столик стоял у окна. Так что все наши с её мамой разговоры она слыхала. Вообще-то, разговора не было. Был скорее всего вечер вопросов и односложных ответов.

 Потом мы пили чай,- на чай меня хватило,- и я слегка рассла- бился. Рассказал, что уже в третий раз перечитываю «20000 лье под водой.» Подробно рассказал, почему мне больше всех нра- вится гарпунёр Нед Ленд. А капитан Немо- не очень. Это вызвало интерес, и я разошёлся. Судя по всему, Светка про уроки забыла. Это было странно, но я замолчал без напоминаний. Я видел, что им действительно интересно.

Светка провожала меня до дверей. Бросив быстрый взгляд в кухню и убедившись, что там никого, она мне сказала,

- Классные стишата ты мне дал. Я даже не знала, что так можно написать. Ну, это же не ты. А кто это?

-Светка, это Петрарка, итальянский поэт. Эпоха Возрождения. У него таких стихов целая книжка. Хочешь почитать? Только не захо- мутай!

-Да!

А потом незабываемая фраза,

- Как я ей завидую!

Со второго этажа до четвёртого всего две лестничных площадки и пятьдесят пять ступенек. Я этот путь проделал раз десять.

Мне вдруг представилось, как здорово, когда приходишь домой, а дверь открывает Света. А на столе - вареники с мясом. И Света садится напротив. И на ней почему-то школьная форма. И я, заглотив тареляку вареников и запив это стаканами чая со сгущёнкой, начинаю ей рассказывать. И нет, не о работе. Не о давке в трамвае. Не о вони в подъезде. Не о ценах на пшеницу в Аргентине. И даже не о всемирном фестивале молодёжи и студентов.

Я ей рассказываю «Таинственный остров.» Потом, без напряжения перехожу на «Вождь Краснокожих» и «Дары Волхвов,» а потом ещё и ещё... Она сидит напротив, подперев подбородок и смеётся там, где смешно. Или переспрашивает какие-то детали. И я вижу , что ей интересно.

 А посуду помыть? Та, где проблемы? Становимся рядом и в четыре руки моем две тарелки.

И никаких матюгов. И никакой похабщины. И нет криков. Нет озлобленности от безысходности. А почему с ней? Ну, наверное, потому, что слушает. Потому, что ей интересно. Потому, что это ей надо. И главное- никому больше мне все это рассказывать не хочется.

Но даже сейчас, в свой незаконченный восьмой класс, я понимаю, что так не бывает. Так не может быть, потому что не может быть никогда. И я вдруг вижу всех этих, колыхающихся без ветра мужчин и озлобленных безысходностью женщин и понимаю, что они все тоже хотели вот так, как я хотел бы.

И еще вот сейчас, в свой незаконченный восьмой класс, я понимаю, что все равно надо пытаться сделать вот так, как представляешь. А иначе ты- лох. Лох с бугра!

И много лет спустя я нашёл слово, которое точно определяет меня в тот замечательный период моей жизни. Это слово- дилетант.

Ибо дилетант — это человек, занимающийся какой-либо деятельностью без должных знаний и профессиональной подготовки.

 И я не знаю лучшего определения для того, кто начинает думать о женитьбе. Это, конечно, если в первый раз.

Красавица

Посвящается Л. Л-Ш.

Она была военным хирургом. Она была моей тётей. И она была красавица. Высокая, подтянутая, со спортивной выправкой, светлые волосы, как у девчонки, коротко подстрижены. Глаза не то зелёные, не то зеленовато-синие. Выражение лица почти всегда слегка насмешливое. Ходила быстро, говорила мало, и очень хорошо умела слушать. Внимательно и доброжелательно.

Она с мужем, моим дядей, впервые посетили нас, когда мне было лет четырнадцать. Жили они где-то пять часов полёта от нас.

 Находясь под впечатлением от фильмов «Цирк,» «Весёлые ребята,» и «Карнавальная ночь,» я, как и все мои однолетки, считал, что нет никого красивее, чем Любовь Орлова, или Гурченко. Конечно, такие шедевры, как «Большой Вальс» и «Серенада Солнечной Долины» хорошо поколебали наше представление о красоте. Но, в принципе, мы уже понимали, что красиво, а что подкрашено.

А тут приезжает к нам дядя со своей женой. Даже сейчас у меня с трудом поворачивается язык называть её тётей.

В моем понимании тётя — это добрая и весёлая дама. В одной руке у неё кошёлка, в которой лежит два килограмма творога, банка сметаны, кило три помидоров, пару кило деревенского сала, и штук шесть мочёных яблок. А в другой руке- завёрнутая в подушку кастрюляка с картофельным пюре (чтоб не остыло) и еще кастрюля, в которой котлеты.

Она считает, что наша семья голодает и едет ночь в поезде, чтобы нас спасти. Мы её любим, съедаем все, что она привезла и, честно говоря, хотим, чтобы она приезжала почаще. Ибо, - не в укор моей матери, - её сестра, это вот эта тётя, - готовит замечательно.

Жена моего дяди так же походила на созданный мной стереотип тёти, как я на президента ЮАР. Моя мать и она быстро нашли общий язык и вместе посмеялись над неуклюжими попытками моего отца оказывать ей знаки внимания.

Меня она покорила полностью и навсегда, ибо выслушала доброжелательно и ни разу не прервав (я бы так не смог!) мой полуторачасовой доклад о конструкции звездолёта, который я вынашивал уже несколько лет после полёта первого искусственного спутника Земли.

Когда же её муж несколько раз пытался напомнить, что стол уже накрыт и её ждут, она,

-Ты лучше сядь и послушай, что этот малой придумал!

Но что было вообще невероятно - она задавала вопросы по ходу моего доклада, поднимая руку, как первоклассница.

После завтрака, ненавязчиво перешедшего в ранний обед, она попросила меня показать ей город, в котором она никогда не была. А попросила она так,

-Покажи мне то, что тебе нравится. Вот тебе, лично. Путеводители я смогу прочесть сама.

Такой чести мне еще никогда не оказывали. И я повёл свою тётю показывать те места в городе, которые мне лично нравились. Именно, повёл, так как она предпочитала пешие прогулки. Моё робкое замечание, что, мол, надо пройти четыре троллейбусных остановки, она парировала с лёгким смешком,

- Но не сорок же. Впрочем, если тебе тяжело…

Тут я впервые понял, почему особи мужского пола лезут на К-2, ныряют в Марианскую впадину или за просто так опорожняют бутылку коньяка без закуски. Когда такая красавица, и при этом, твоя тётя, говорит, … Впрочем, если тебе тяжело… уже ничего не тяжело!

Если сложить вместе все расстояние, что я прошёл по городу за предыдущие семь лет — это будет где-то процентов шестьдесят от сегодняшнего краткого ознакомления.

Я просто не мог не восхищаться ей. Сама, без намёков с моей стороны, она указала мне на туалет и сказала, что ничто человеческое нам не должно быть чуждо. За всю мою последующую жизнь никто никогда мне подобного предложения не делал. Кстати, она этой возможностью не воспользовалась.

Так, между прочим, она поинтересовалась, какое мороженое я люблю. И где-то минут через двадцать мы сидели на лавочке и получали удовольствие от пломбира в шоколаде.

Она ничего у меня не выспрашивала- я сам хотел ей рассказать все. И то, что есть и даже то, что выдумал. Она с улыбкой слушала меня. Чтобы не быть слишком надоедливым и чуть более тактичным - и это после почти двух часов почти непрерывного монолога,- я, наконец, спросил,

- А вы кем работаете?

-Я хирург.

-А-а-а... Это аппендицит вырезать?

Моё понятие о хирургии особой глубиной не отличалось.

-Аппендицит? Не приходилось.

-Наверное, гланды?

-Не доверили,- она рассмеялась,- А вот ног отрезала немало.

- Зачем?

Она не удивилась,

- А чтобы головы спасти.

До меня, наконец, дошло,

-Вы военный хирург?

-Была когда-то. Ну, что, доел пломбир? Еще хочешь? Нет? Тогда- рванули дальше!

Вот так и сказала, ...рванули дальше! Ну, как можно этим не восхищаться!

Но меня мучили еще несколько важных вопросов. И, едва поспевая
за ней, я наконец, выкашлял,

-А вы стреляли?

- Пришлось.

И, как же без этого вопроса в четырнадцать лет,

- А сколько немцев уложили?

Она засмеялась,

- Я войну выиграла!

И я рассмеялся тоже.

Моё доверие к ней дошло даже до того, что я решился показать ей
подъезд, в котором живёт некая жестокосердная семиклассница.
На мои стенания по поводу бессердечности, игнорирования, из-
дёвки, насмешки и еще десятка жутких качеств характера, моя красивая тётя слегка щёлкнула меня по носу и сказала,

- Раз жестокая — значит, ты ей нравишься.

С тех пор я перестал вообще пытаться понять женскую логику. Но
тётя в данном случае оказалась права.

Они пробыли у нас всего пару дней. Незадолго до отъезда я узнал,
что у меня, оказывается, есть две двоюродных сестры и один дво-
юродный брат. А я их никогда и не видел. И они ненамного старше
меня. Встретился я с ними спустя годы.

Но самое интересное было в последний вечер перед их отлётом. Мой дядя рассказал, что во время войны, -а он тоже военный хирург, - он служил в части, в которую входил и штрафбат. И не просто штрафбат, а женский.

 И в этот штрафбат была сослана совсем молоденькая военный хирург. Это где-то в 1942 году. Ее провинность? Да просто отказалась разделить постель с комбатом. И, вроде даже, послала его ловить бабочек на хутор.

 Реакция комбата на предложение пойти половить бабочек была мгновенной. Нарушение воинской дисциплины, халатность при исполнении служебных обязанностей, уход в самоволку – молоденькая военный хирург получила полный праздничный набор. Естественно, трибунал, понижение в звании - и, добро пожаловать в штрафбат.

 Каким-то чудом моему дяде удалось её вытащить оттуда под предлогом, что он собирается на ней жениться. Или собирался. Вообще-то, он её до этого в глаза не видел. Но, когда такая красивая- кто там считает!

И, да, он понимает, что его военная карьера пострадает от такого поступка. Женитьба на штрафбатячке! И, к тому же, беспартийной!

 Но он уже до этого прошёл войну с Финляндией. Да и хирурги с таким фронтовым опытом в 1942 году не сидели без работы на обочинах. В общем, обошлось.

Красивая, интеллигентная, с аристократическими корнями где-то в Польше и с генетическим наследием из Норвегии, эта военный хирург вышла замуж за моего дядю. На фронте. И, соответственно, стала моей красивой тётей.

Я не знаю многих подробностей: мои родители не спрашивали, а наши гости не относились к разряду болтливых.

И утром, когда уже прощались, моя тётя вдруг сказала, обращаясь ко мне,

- Ты сможешь мне прислать рисунки твоего звездолёта? И, если есть, какое-то описание? Ты так интересно рассказывал об этом. Держи, пацан, нос кверху! Говорят, помогает.

Мои однолетки, как, впрочем, и я, к идее женитьбы относились нормально. Другими словами, ни за какие коврижки! Ну, наши родители были приятным исключением, конечно.

Но когда представляешь, что ОНА может быть высокая, подтянутая, со спортивной выправкой, светлые волосы коротко подстрижены, говорит мало, умеет слушать, да еще умеет стрелять…- тогда это совсем другое дело. И, чуть не забыл- ОНА же и просто красивая!

Опыт выживания

Посвящается О,К., соседке по коммуналке, которая народным методом вытащила меня в трёхлетнем возрасте из двухсторонней пневмонии. И, заодно, с того света.

Жизнь подтвердила правоту лозунга **Профсоюзы--школа коммунизма.** Коммунизма быть не может в принципе, а профсоюзы превратились в коммунизм для избранных.

 Более реалистический лозунг, думаю, звучит так, **Коммуналка-школа выживания.** И не только потому, что на восемнадцать человек (это шесть семей) одна уборная. Не путать с артистической. Не потому, что вместо холодильника-подоконник. И не потому, что душ- раз в неделю за восемь трамвайных остановок. В остальные дни, по выражению известного автора, - поливание из кружки снизу.

А потому, что совместное проживание с пятью другими семьями в одном и том же коридоре надолго избавляет от эгоизма, индивидуализма и чувства частной собственности. Что, в общем-то необходимо для вхождения в коммунизм, который не существует.

 Конец теории.

 А теперь, как говорилось в прекрасной кинопародии «Лимонадный Джо,» «...*А теперь, джентльмены- Искусство! Настоящее искусство...!»* Другими словами - реальность.

Наша коммуналка была типичной. Я уверен в этом, так как побывал почти во всех квартирах нашего пяти-подъездного дома. Поскольку мы жили на последнем, четвёртом этаже, то, естественно, у нас в комнате стояло ведро. Это не для того, что приходит сразу в голову. Это для обычной воды.

На четвёртый этаж вода доходила редко и, в основном, летом. В остальные дни мой отец брал ведро и меня, и мы топали три трамвайные остановки до ж/д вокзала. Это когда он приходил с работы. Я говорю о тех днях, когда воды не было. К вокзалу дорога шла под горку.

Почему не на трамвае? А надо было только глянуть на перманентную толпу на остановке и на висящих на поручнях трамвая счастливчиков. Это же конец рабочего дня. Даже я в своём недалёком возрасте понимал, что с нами сделают, если мы сунемся с ведром в трамвай. Это с пустым ведром.

На железнодорожной станции мы шли туда, где паровозы заправлялись водой. Под это была приспособлена такая здоровенная колонка, которая могла поворачиваться. Она называлась, *Красный рукав*, потому что была выкрашена в красный цвет. От неё отходила длинная цепь.

Мой отец ставил ведро под колонкой и говорил мне: «Держи ведро двумя руками!» Потом тянул за цепь. Тянул сильно. Сначала ничего не было. А потом со звуком, как пушечный выстрел, из здоровенной трубы вырывался поток воды, толщиной в мою голову. Он с такой силой ударял в ведро, что я еле мог его удержать. Ведро наполнялось за три секунды.

А потом мы шли в гору, обратно к нам на четвёртый этаж. И уже с водой. Это на готовку. С остальным- перебьёмся, пока воду дадут. Или в школу придёшь пораньше и умоешься. Там и туалет есть.

Известный факт- сколько людей, столько и идиосинкразий. В нашей коммуналке их было пятнадцать из восемнадцати возможных. Я уверен, что в нашей семье идиосинкразией не страдал никто. А вот все остальные…

Соседка с удивительным отчеством Ливерьевна возглавляла шествие. Она мыла руки около восьмидесяти раз в день. Как минимум. Кран открывала и закрывала локтем. Это до эпидемии КОВИДА было около шестидесяти лет. А персональное сидение для унитаза носила в старой наволочке.

Я не занимался наблюдениями и документированием. Но некоторые события запали в память. Моя мать принесла котёнка. Я посвящал ему больше времени, чем спустя годы посвящал своей семье. И однажды, придя со школы, застал котёнка в каком-то диком состоянии. Он носился, как бешеный, по коридору, непрерывно мяукал, из пасти пузырями шла пена. К вечеру сдох.

Из-за пены все пришли к выводу, что это бешенство. Всех жильцов заставили прийти в клинику и влепили каждому, и мне в том числе, двадцать пять уколов в живот от бешенства. Конечно, уколы вкололи не за один раз. Спустя две недели стало точно известно, что кто-то подсыпал котёнку в блюдечко с молоком порошок ДДТ.

Этот кто-то мог быть только из нашей коммуналки. Конечно, никаких улик найдено не было. ДДТ был везде, так как тараканы были невиданных размеров и непревзойдённой наглости. Они даже не убегали, когда ночью на кухне включался свет. Жильцы пятились, но не эти твари. Назвать их насекомыми — это как назвать бегемота просто травоядным.

Конечно, у меня были серьёзные основания насчёт того, кто же отравитель/отравительница. Но это все, что у меня было. Так и осталось.

Так как моё мнение о моём будущем в расчёт не принималось, то мне пришлось начать посещать музыкальную школу в возрасте шести с половиной лет. Один из предметов, по которому у меня вообще не было прогресса — это фортепиано. Готовиться к уроку по фортепиано я мог только в самой школе. Во всём нашем доме его не было ни у кого. Точнее, оно было, но его не было. У нашей соседки стояло старое фортепиано. Она на нем не играла и никого к нему не подпускала. Зачем оно ей было нужно-никто не понимал.

  Как моей матери удалось уговорить её на то, чтобы раз в неделю на сорок пять минут в её присутствии я мог бы готовиться к уроку в музыкальной школе- мне никогда не узнать. И, да, я должен был прийти в чистой рубашке, с чистыми руками. Желательно, подстриженный и без грязи под ногтями. Ботинки снять у входа и ни к чему в комнате не прикасаться.

С моей точки зрения в её комнате надо было ко всему прикоснуться. Какие-то резные скульптурки, на стене- мрачные картины мужчин и женщин с несчастными лицами. Позднее узнал, что это все святые.

Но самое интересное — это настенные часы с маятником. Это не будильник! А маятник — это кошка, у которой зрачки двигаются как маятник. Вправо-влево, вправо-влево…Я стоял совершенно загипнотизированный этой кошкой. Куда там фортепиано до этого!

Я не знаю, какой садист настоял на том, чтобы ученики первого класса музыкальной школы учились играть песню «Сурок,» Л. Бетховена. Песня минорная. В моем исполнении она звучала так, что официальный похоронный марш походил на «Оду к радости» того же композитора. Я уверен, что именно моё исполнение песни «Сурок» привело к тому, что через месяц уроки у соседки прекратились.

Будучи от рождения одарённым ребёнком,-мнение моих родителей,- я уже в пять лет свободно читал и чётко выговаривал все надписи на заборах. Мало того, я уже знал, какие надписи мужского рода, а какие нет. Более того, у меня хватало врождённой мудрости не произносить их за столом. А главное- я уже точно знал, что эти надписи к лозунгу **Миру-мир** отношения не имеют.

Но когда я прочёл объявление в подъезде,-**Все на коммунистический субботник в субботу. Сбор – у домоуправления в 7 утра. Явка обязательна,-** то кое-что не понял. За обедом решил выяснить у матери,

- У нас уже наступил коммунизм?

-Опять во дворе глупостей нахватался! Какой коммунизм, на мою голову? Кто эту чушь тебе сказал?

- (надувшись), никто мне никаких глупостев не говорил. На стене написано.

- Сто раз говорила- не читай на заборах и на стенах! Это плохие слова. Ты слыхал, чтобы я или папа так говорили?

- Бабушка раз сказала, что Сталин — это большой муда…

-Сказала уже- хватит!! Почему руки не помыл?

-Так написано, что в субботу всем на коммунистический субботник в семь утра в домоуправление.

- О. господи, опять эти мудозв…Иди, руки мой, сколько раз повторять?!

А я не мог понять, почему это надо делать в субботу? Потом дошло- ну, вот как звучит, В понедельник в семь утра на коммунистический понедельнюшек? Некрасиво звучит. Но…явка обязательна!

Пришли многие, так как все квартиры обходил управдом- всегда весёлый (или навеселе) и громкоголосый. Меня он почему-то называл пузанчиком. Это меня, у которого и без рентгена было видно, что сердце слева, а аппендикс- справа.

Цель субботника-озеленение территории. Вернее, подготовка к ней. Дело в том, что вокруг нашего дома ничего не росло. И не могло расти. После войны земля где-то на полметра в глубину была напичкана осколками от бомб, какими-то ржавыми железками и иногда настоящими патронами. Даже стойки для турника в нашем дворе — это два немецких ручных пулемёта.

Вообщем, никто не собирался тащить железяки из земли. Хотя сапёры уже все давно проверили. И сегодня несколько груженных нормальной землёй самосвалов свалили все в кучу, а жильцы должны были это разровнять по всей территории.

Мы, дети, знали всех. И кто где живёт, и кто на бровях домой каждый вечер идёт. И где каждый вечер громкий скандал. И уже даже
понимали, почему незнакомый мужчина просит отнести кулёк с
конфетами в квартиру, где живёт какой-то ребёнок. А мать ребёнка с матюками высыпает эти конфеты на лестницу и орёт на
весь двор,

-Пошёл, мразь отсюда! Чтоб духу твоего здесь не было! Еще раз
увижу- утюгом убью! Раньше надо было ребёнку помогать, подо-
нок!

Незнакомый нам мужчина виновато улыбался и негромко говорил
нам,

- Толику скажите, что отец приходил. Еще конфет принесёт. А те,
что тётя Тамара высыпала- себе берите.

Мы брали, и большую часть отдавали Толику. Но, чтобы мать не
видела, он прятал их в подъезде под лестницей. Мы, пацаны, со-
чувствовали отцу Толика. Наши дворовые девчонки почему-то
звали этого мужчину кобелём. Но матери не доносили.

Секретов в нашем пяти-подъездном доме практически не было.
Мой отец в очередной раз возвращался из длительной команди-
ровки где-то в районе бухты Тикси. Или Норильска. Только он вышел из трамвая, как наши дворовые всезнайки сразу же,

-А ваша жена докторша померла вчера!

-Да не слушайте эту приколотую дуру! Не умерла ваша жена
вчера. Сегодня отдала богу душу! Такая молоденькая дохторша.
И симпатичная.

К сожалению, истина была неподалёку. Накануне вечером моя мать была в толпе, которая пыталась вместиться не в резиновый трамвай. И в эту толпу на скорости врезалась *Победа*, которую некая гнида только что угнала от вокзала. Восемь человек были вдавлены в стенку трамвая. Помощи им уже не надо было. Мою мать ударом вдавило головой в трамвайный поручень. И она тоже уже не считалась живой. Но в больнице как-то чудом её вытащили.

Вот эти последние известия моему отцу и сообщили прежде, чем он дошёл до подъезда. А как же? Все, как в одной семье. Все всё знают.

Я в это героическое время находился у бабушки на каникулах. Как лев Бонифаций. К моему приятному удивлению, я приехал домой не к первому сентября, а где-то к середине ноября. Ну, понятное дело, только меня тогда дома не хватало для полного комфорта.

И можно представить моё, мало сказать, недоумение, когда я стал свидетелем следующего. Моя мать уже начала потихоньку ходить с палочкой. Рубленный глубокий шрам остался у неё на лице навсегда. Это ей аж тридцать четыре года.

Вечером сидим дома, как обычно. Открывается дверь, и я вижу, как на пороге появляется совсем молодая женщина. Пару секунд она просто смотрит куда-то вперёд (я сидел ближе всех к ней), а потом вдруг бухается на колени, крестится, и ползёт к моей ма-тери. И пытается целовать ей ноги.

Потом я узнал, вернее мне соседи рассказали, что это жена вот того подонка, который отправил восемь человек на тот свет. Его приговорили к вышке. Вот она и пришла к нам, чтобы вымолить заступничество.

Я не знаю, чем все кончилось. Но что я точно знаю: только жизнь в коммуналке настолько богата событиями. Учишься понимать, отвергать, любить, давать в морду и получать в неё, не доверять, огрызаться. То есть, учишься выживать.

И когда я говорю **коммуналка**-я имею в виду не только коридор с шестью комнатами. Это и дом, и двор, и улица, и школа, и шпана, и юные шлюхи, и сплетни, и драки, и скандалы, и странные соседи. Всё то, что просто называется жизнь.

В библиотеке

Есть кражи опасные, а есть -нет. Давно известно, что самый безопасный вид краж — это кража книг. Я не помню, что кого-либо когда-либо или где-либо приговорили , скажем, к четвертованию за кражу книги. Или даже дали срок.

Наверное, все дело в том, что книги крадут обычно те, кто умеет читать. Это мгновенно делает треть человечества невиновной. И еще: книги в основном крадут так называемые интеллигенты.

 Каким лицемерием надо обладать, чтобы заявить, Книга-лучший подарок! Почему? Во-первых, это обычно дешевле, чем колье от Картье, но дороже, чем, допустим, килограмм конфет «Сонячный веночок.» Во-вторых, создаёт впечатление интеллигентности. И в-третьих, и это самое важное, даёт возможность украсть её обратно. Хотя в простонародье это называется почему-то - Дай почитать!

 И где в этом предложении из двух слов спрятан термин *вернуть*? Любой начинающий адвокат это сразу отметит. Деньги тоже не возвращают, но никто же не просит: «Дай поносить пятьсот долларов до вторника?» Нет, все говорят: «Займи!» И все равно не отдают.

Ну, казалось бы, прочитал, кинул на стол, а дальше что? Зачем она в хозяйстве, прочитанная?

Прав был кот Матроскин из известного мультика о Простоквашино, когда предлагал, что собаку Шарика надо продать и купить корову. Все равно он него никакой пользы.

Как-то по случаю побывал в квартире одного профессора. Обратил внимание на чудесное четверостишие, которое было написано на плакатике, висевшем на плотно набитом подписными изданиями книжном шкафу,

Не шарь по полкам жадным взглядом

Ты книгу не получишь на дом

Ведь только круглый идиот

Знакомым книги раздаёт.

Более философское изречение увидел в другом доме. И тоже в квартире профессора медицины,

Книги на дом не выдаются, ибо получены аналогичным путём.

Конечно, при наличии шарма и машины можно было бы попытаться заслужить благосклонность продавщицы в книжном магазине. А иначе- ходи в библиотеку. Я и ходил. Сначала в школьную.

На мой запрос, а это где-то в девятом классе, о наличии книги «Мадам Бовари,» мне было сказано, что мне это еще рано. И мой классный руководитель будет знать о моем вкусе. И куда смотрят родители. Да, и кстати, а кто это мне порекомендовал?

В ответ я записался в районную. Зачем, заполняя анкету, в графе **Национальность** я написал *украинец*, хотя был совсем наоборот- до сих пор не понимаю. Думаю, это была генетическая предосторожность. Хотя к тому времени я уже вообщем знал, как готовилась Варфоломеевская ночь.

 В этой библиотеке уже никто не спрашивал, почему из многотомного издания произведений Оноре де Бальзака я выбрал сразу том за номером 23, так называемые «Озорные рассказы.» Библиотекари понимали, что это возрастное. Женится- и все пройдёт.

Выбор книг в районной библиотеке был намного шире, чем в школьной.

 К научной фантастике я приклеился именно там. А также к литературе на военные темы. Помню, какое впечатление произвела на меня книга Л. Раковского, «Генералиссимус Суворов.»

Я не собирался быть военным, но подготовка Суворова к военной службе в чем-то меня привлекла. В частности- ежедневное обливание холодной водой из ведра. В любых условиях. Это значит- голый и на свежем воздухе.

 Попробовал это раз не в Альпах, на морозе, а в нашей коммунальной бане. Распарившись под душем, я вылил себе на голову полную шайку ледяной воды. Ощущение? Неописуемое.

 Еще один эксперимент по следам великого полководца я проделал на нашей местной речке-зачуханке. Попробовал плыть, держа перед глазами раскрытую книгу. А. В. Суворов в детстве это делал. Идиотизм наказуем. Я полностью откашлялся через полтора часа.

А еще в этой библиотеке была большая подборка книг о путеше-
ствиях, географических открытиях, и археологических находках. С
каким интересом я поглощал книги об Александре Потаниной, Василии Григоровиче-Барском, Кювье, Кусто, Пикаре, Ален Бомбаре,
Стенли… На футбол во дворе совсем не оставалось времени.
Уроки? Какие уроки? Они-то причём?

О Шекспире я знал, что он был. Но не читал, так как историю Ро-
мео и Джульетты знал с детского сада в пересказе дворника. Тем
более-это все в стихах. Стихи — это Агния Барто и Маршак.
«…Идёт бычок шатается, вздыхает на ходу…» Разве это идёт в
сравнение с «Вратарём республики,» Льва Кассиля?

Конечно, пришло время, когда понадобились стихи. Почему понадобились? А там все то, что думаешь выразить, а не можешь. А
проза — это не для неё, единственной. Проза — это все остальные.

Районной библиотеки уже не хватало. Потянуло на городскую. Там
было все. Вот что хочешь- там было! Проверил на себе. Заказал
«Люди джаза,» Дана Моргенстерна. Пожалуйста. Но только в чи-
талке. Книга американская. А на дворе- расцвет советской власти.

Как и большинство, я всегда считал, что в библиотеку приходят
или читать или заказать на дом книги. Оказалось, что далеко не
всегда. Это уже в этой стране. На улице август. Вернее, погода,
как в августе. Но тянется с мая. Спастись от полуденной жары
можно либо в магазине, либо в библиотеке. Можно и дома, если не
волнует, какой будет счёт за электричество. Ну, это если кондицио-
нер работает почти круглые сутки.

Покрутившись в магазине и перечитав практически все ценники и наклейки, снова выхожу в жару. Еще надо ждать где-то часа четыре, пока зайдёт солнце и раскалённая крыша начнёт остывать. Есть два варианта: первый-пойти в поликлинику и посидеть там в холодке. Можно, но очень депрессивно. А вот второй вариант- пойти в библиотеку, вроде бы лучше.

Парковка перед библиотекой забита. Наверное, конференция какая-то. В зале свободных мест практически нет. Но зато полным-полно маленьких детей и совсем грудничков. Дети святости библиотеки не признают, жаждут физической активности. Но молодые мамы их в конце концов уговаривают не кричать, и дети разговаривают шёпотом. Шёпот без напряжения слышен на парковке.

Я нахожу место на каком-то диванчике и беру с полки первую попавшуюся книгу. Первая попавшаяся книга оказывается пособием по подготовке к сдаче экзамена по бухгалтерскому учёту. Немедленно погружаюсь в лёгкую дремоту. На большее не хватает- прямо за шиворот из-под потолка дует ледяной поток воздуха. А я еще думал, а почему это место не занято.

Расхаживая по читальному залу, — это чтобы не окоченеть,- вижу, что многие просто дремлют в своих креслах безо всяких книг. Немало явно бездомных, которые со своими рюкзаками и некоторые даже с тележками, слоняются вокруг и вдоль книжных полок. Конечно, не все понимают, что библиотека — это не автовокзал или МакДональдс. Я имею в виду разговоры по телефону.

Ну вот откуда это неистребимое желание, чтобы все не просто слушали что говорят, но и что отвечают? Телефон ставят на спикер и мы все, скажем, слышим, как Она раздражённо выговаривает Ему за все хорошее. Смысл разговора непонятен, так как это все ведётся на языке коренных народов.

И никакой реакции как со стороны посетителей, так и персонала.

Я, чтобы убить время, завожу разговор со знакомой библиотекаршей. Она, на мой вопрос, мол, а где же тишина, сначала просто закатывает глаза к потолку. А потом отвечает,

- Они же от жары спасаются. Они сюда не читать пришли.

-Так другие же не могут сосредоточиться и читать. Ну, я еще понимаю женщин с детьми. Но эти оглоеды! Им же на всех наплевать!

Она с улыбкой смотрит на меня и говорит,

-Только не говорите, что вы впервые это заметили.

Чтобы отвлечься от темы я прошу заказать книгу, которой, я уверен, у них нет. Правильно, у них нет. Я вздыхаю с облегчением, мол, показал свой интеллект. Но, оказалось, что рано. Буквально через несколько минут мне сообщают, что эта книга будет заказана для меня в Британской библиотеке. Прибудет где-то недели через две. И платить мне ничего не надо. А, ну да, никакого продления. Две недели на прочтение- и надо вернуть. Согласен я на такие условия? Я согласен.

А потом снова хожу вдоль книжных полок и, подражая некоторым посетителям, просто сажусь на пол, прислонившись к одной из полок. Беру первую попавшуюся книгу над головой. И возвращаюсь в реальность, когда мне сообщают, что через пятнадцать минут библиотека закрывается. А я как раз читаю «Как важно быть серьёзным,» Оскара Уайлда. А книга — это сборник его пьес.

И действительно, через десять дней мне сообщают, что книга из Британской библиотеки уже здесь. И мне надо поторопиться, так как всего лишь две недели на прочтение.

И вот эта книга у меня дома. «Hakluyt's Collection Of The Early Voyages, Travels And Discoveries Of The English Nation.” Издание 1809 года. Я проглядываю книгу и понимаю, что читать мне её будет сложно. Но разве это важно? Знал бы я о существовании этой книги, видел бы её, если бы не библиотека? Дело не в чтении. Важнее всего – периодически оценивать уровень собственной безграмотности. И что этому может помочь лучше, чем посещение библиотеки. Вот просто видеть ряды книг, о которых даже не слыхал. Просто окинуть взглядом это богатство. А читать? Это уже если время найдётся.

А лучше всего это выразил сэр Уинстон Черчилль,

«Что мне делать со всеми моими книгами?» - прозвучал вопрос. И ответ «Прочти их» отрезвил вопрошающего. Но если ты не можешь прочесть их, в любом случае возьми их в руки, погладь их. Загляни в них. Позволь им раскрыться там, где они сами захотят. Начни читать с первого же предложения, на котором задержится взгляд. Переверни страницу. Отправься в путешествие за открытиями, бросая лот в неизведанных морях. Поставь их на полку своими руками. Расставь их по собственной схеме, чтобы ты по меньшей мере знал, где они, даже если не знаешь, что в них. Если они не могут быть твоими друзьями, позволь им хотя бы стать твоими знакомыми».

Жадность

Я тянул срок уже более трех лет. Без конфискации имущества. Но и без права переписки. Мой срок от типичных тюремных сроков отличался тем, что он не был оговорён. Другими словами, он мог быть два год. А мог быть и двадцать лет. Это не был лагерь где-то в Джезказгане или Тобольске. Это было в домашней обстановке.

Конечно, я мог ходить, куда хочу и ездить, куда хочу. Это в разумных пределах, естественно. Разумные пределы — это государственная граница. В отличие от настоящих зэков я имел право голосовать. И даже быть избранным. Но не хотел ни того ни другого.

По конституции я имел право на труд и даже обязан был работать. Но не там, где хотел, а где разрешали. Или брали. Что одно и то же.

Мог брать книги в библиотеке. И никто не выталкивал меня из очереди к зубному врачу. И ограничение в переписке касалось только тех адресатов, кто жили заграницей. То есть, писать я мог что угодно. Без ограничений. Просто письма не доходили. Ни туда и ни оттуда.

То же самое с телефонными звонками. Никто, упаси бог, не запрещал мне звонить, скажем, в Андижан. Или в Якутск. В Беэр-Шеву- точно нет. В Кабул - ну, если найду кому.

И это называется тянуть срок? Вообще-то нет. Это называется "быть в отказе." В отказе на выезд на постоянное жительство в другую страну. Об этом существует мега-литры излияний во всех возможных жанрах. По-моему, еще рэп не включился. И я не слыхал о танцевальных сюитах типа "Сказание об ОВИРЕ[1]" Или оратории с таким завлекающим названием, "Сегодня моя старшая дочь получила разрешение!"

Ничего нового на эту тему я не скажу. Просто хочу упомянуть об интересном феномене связанным с пребыванием "в отказе." Это феномен предпринимательства. Вернее, попытки его. И на моем уровне. В СССР это был ругательный термин. А моё время "в отказе," то есть, не только моё, а всей нашей семьи, пришёлся еще на советский период.

Когда мои родители оказались без работы,- а это произошло очень вскоре после подачи заявления на выезд,- возникла маленькая проблема. Где деньги, Зин? Из нас троих работал еще только я. А работа последние месяцы была связана с режимным заводом, где делалось все, чтобы остановить агрессию НАТО. Понятно, против кого. Какое-то время мне пришлось ездить на полигон.

 В один из дней мне позвонили и вежливо попросили сегодня на полигон не ездить. И если я не против- и завтра тоже. Я был против по многим причинам. Во-первых, там была работа почти на свежем воздухе. Во-вторых- там был ненормированный рабочий день. Другими словами - если ничего специального не намечается- валяй домой. А в-третьих- почти час в электричке позволял отоспаться. Что до работы, что и после. А, ну да, и к электричке с полигона дорога шла через поля, рощи и это все на свежем воздухе. И километра четыре-пешком. И от этого отказываться? Да никогда!

Но вежливый голос ненавязчиво уведомил меня, что с сегодняшнего дня, вот как только окончится наш разговор, я теряю свой допуск на объект. Ну, и я , конечно, понимаю, что без допуска, я могу работать где угодно. Даже в детской молочной кухне. Тут вежливый голос вежливо хмыкнул. Я автоматически спросил, а почему забирают допуск? Ответ был классический, Без причин только кошки родятся! Тон ответа-насмешливый.

Где же я раньше слыхал этот вежливый голос? Почему-то вспомнился "Золотой телёнок," Ильфа и Петрова,

"...притихший Яков Менелаевич продолжал вспоминать, где он видел эти чистые глаза. Когда все пропуска были выданы и в фойе уменьшили свет, Яков Менелаевич вспомнил: эти чистые глаза, этот уверенный взгляд он видел в Таганской тюрьме в 1922 году, когда и сам сидел там по пустяковому делу."

Я вспомнил. За годы до этого, когда получал свой первый секретный допуск. Начальник Первого отдела[2] нашего предприятия так беседовал со мной. Я, не до конца понимая, с кем имею дело, держался нагловато. Вернее, чуть свободнее, чем следовало.

Ну, мне было намного меньше тридцати, так что это простительно. И на вежливый вопрос, а есть ли у меня родственники за границей, я честно ответил, что нет. Я про них понятия не имел. А потом был следующий вопрос, а были ли у меня связи с иностранными гражданами?

В то незабываемое время выражение *связь с иностранными гражданами"* означало сексуальный контакт. Так многие из моих знакомых это воспринимали. Но, поскольку в Союзе секса не было[3], то это выражение было оксиморон. И поэтому, мой ответ на этот каверзный вопрос было твёрдое -Нет.

Начальник Первого отдела,

-А если подумать?

Я, наморщив лоб на три секунды,

-Точно нет!

- А если очень хорошо подумать?

-Да, чего думать?   Нет и все.

-Ну, хорошо. Я сейчас минут на пятнадцать выйду, а ты ознакомься с содержанием этой папки. Может, чего-то вспомнишь?

Он положил передо мной небольшую папку и вышел. Я нехотя открыл папку. Сверху лежала фотокопия моего письма в Чехословакию. Под ней- письма во Францию по трём адресам. Что-то было еще, но мне сразу расхотелось смотреть дальше. Я знал, что я посылал письма в Австралию, в Италию, и даже в Исландию. И было это где-то десятом классе. То есть, лет семь тому назад.

Когда-то мой одноклассник принёс в класс журнал, что-то типа «Pen Friend,» то есть, дружеская переписка с зарубежными странами. Журнальчик был вполне легальным, но практически недоступным. Это в связи с большой популярностью и малым тиражом. В конце концов я получил этот журнал на неделю.

В журнале были представлены много стран и адреса желающих с кем-либо переписываться. Многие желали контактов с СССР. Со своей стороны жители зарубежных стран давали свои маленькие фотографии, список увлечений, и.т.д. Большинство были или девчонки или молодые женщины.

Поскольку совсем недавно многие из нас впервые увидели на экране Катрин Денёв, то неудивительно, что я считал, что все француженки выглядят, как она. Это объясняет аж три письма во Францию.

-Ну, что, вспомнил? — это вернувшийся начальник первого отдела.

-Так это же еще было в школе! Переписка школьников. Это же не...

- Ты мой вопрос помнишь? Если да, то повтори.

- Ну...были ли у меня связи с иностранными гражданами?

-И где здесь переписка школьников? И я тебя просил хорошо подумать.

-Так ведь...ну, вообщем...

— Значит так, допуск на объекты ты получишь. Но в другой раз хорошо подумай, когда тебя просят хорошо подумать. Значит, знают что-то. Понял?

И тоже, все вежливо и не повышая тон.

А спустя короткое время мой начальник посетил меня на дому. И в вечернее время. Это было настолько необычно, что я даже не пригласил его зайти. А он пригласил меня пройтись так, до угла и обратно. Это моя семья уже была в отказе.

Во время прогулки мой начальник произнёс двадцатиминутный монолог, смысл которого можно было уложить в два слова-Надо увольняться. Мне, не ему. Что я и сделал в течение нескольких дней под осуждающими взглядами своих коллег.

Хотя я никому не говорил причину, все, как по команде, стали ясновидцами. А некоторые и пророками.

Хотя никто из этих пророков, насколько я знаю, западнее Житомира никогда не выезжал, все мне рассказывали о жуткой жизни в Бронксе. Это тот, что в Нью-Йорке. Почему именно в Бронксе? А если, скажем, в Сан-Франциско? Немедленный ответ без объяснения: “Там еще хуже!»

Вообщем, в нашей маленькой квартирке стала жить семья безработных. Это мысами. И надо было где-то и за что-то получать деньги. Хорошо помню озорной блеск в глазах моих родителей после одной вечерней прогулки. Они насобирали аж две сумки пустых бутылок. И это раньше, чем другие голодные успели это сделать.

 Но это было самое первое время, а потом они смогли найти работу. Если не совсем по профессии-то кого это волнует уже. Я тоже искал, но безрезультатно. Нигде не нужно. Хотя на входах висели двухметровые объявления, что на работу требуются.

И однажды мой приятель, который не испугался контачить со мной, отказником, позвонил и пригласил на просмотр какого-то британского фильма. Копию пару дней назад привезли с кинофестиваля.

 Мы прошли на просмотр без билетов, так как мой товарищ был приглашён в качестве синхронного переводчика. Фильм был не дублирован. То есть, он переводил все диалоги в фильме напрямую через микрофон в зал. Ну, а я, как "ассистент," сидел рядом и из услышанных, скажем, двадцати английских слов, узнавал три. И где-то минут через пять.

Выслушав моё нытье по поводу наличия отсутствия работы, он, после короткого молчания,

- Попробуй обратиться в нашу Торговую Палату.

- В Торговую Палату? Чтобы торговать с прилавка?

-Ты таки дикий. Палата занимается переводами с разных языков.
-Так у меня же нет иняза за спиной. Куда я ломиться-то буду?

- Придёшь, напросишься на работу. Они дадут тебе текст для перевода с английского на русский. Это чтобы проверить твой уровень. Принесёшь и покажешь. Может пройдёт.

Я сделал так, как он посоветовал. И прошёл. До этого мой опыт переводов с английского сводился к коротким абзацам из газеты *The Moscow News* , которые требовались кафедрой иняза в институте. Это все. Почти. Еще, однажды, в романтическом угаре я взялся перевести специальную статью по архитектуре для повелительницы моего сердца. Статью перевёл. Но повелительницу сердца потерял. Качество перевода здесь не при чем. Наверное. Вот и весь опыт.

Первые заказы из Торговой Палаты были нечасты, но и не очень сложные. Оплата? Да, платили. Где-то двадцать рублей за сорок страниц машинописного текста перевода. Пишущей машинки у меня не было. Но, судя по тому, что я получал за перевод порядка пятнадцати рублей, моя работа была меньше сорока машинописных страниц. В основном это были заказы на переводы британских и американских патентов. И, конечно, мне платили меньше заработанного, так как я приносил рукописный текст.

Если бы руководство Палаты меня любило- мне бы эти патенты не давали. Хуже нет. Самое главное: поскольку патент — это легальный документ, то никакой поэтической вольности не допускается.

Даже на русском языке читать патент непросто. Он не написан на русском языке. Он написан на русско-юридическом языке. Большая разница. А переводить патент- наказание за грехи при жизни. Все должно быть переведено дословно и при этом иметь смысл. Никакая перестановка слов не допускается. Мне на все это было указано сразу.

Так если бы такие небольшие заказы были чаще! Нет, может, один за неделю. Иногда два. И времени занимали много.

Однажды я прихожу в Палату, как обычно, и вижу на столе секретарши здоровенную папку, где-то мне до колена. Чудовищной толщины, другими словами. На мой прямой вопрос секретарша ответила, что это все- доклады с международной конференции по применению бериллия во всех мыслимых областях.

Мне потребовалось секунд сорок, чтобы прикинуть, что в этой папке материала так, где-то на полторы тысячи страниц машинописного текста. И это, в переводе на деньги больше, чем я получал на своей бывшей инженерной работе за полгода.

И меня обуял бес жадности. Я в жизни не мог себе представить, насколько я жаден! Это было что-то патологическое. Секретарша предложила мне взять страниц пятьдесят для перевода. Нет! Я настоял на всей этой папке.

 Меня четыре раза спросили, а уверен ли я, что справлюсь. Перевод нужен через месяц. Пришлось напомнить, что я по диплому инженер, и это все для меня-как игра в песочнице. И я унёс с собой всю папку. В спину мне смотрели несколько пар сомневающихся и недоумевающих глаз.

Ох, если бы я знал…,

И началось!

Я сидел часами над одной страницей. Дело было в том, что каждый небольшой доклад с этой конференции был посвящён определённому применению бериллия в определённой области. А что делать, если я был без понятия в этой области? Ну, например, что я знал об использования бериллия как компонента для твёрдого ракетного топлива? Ни черта не знал. Пришлось искать что-то на русском, чтобы понять тот набор слов, который я получил в результате перевода. И так почти с каждой статьёй. Я был потрясён уровнем своей технической безграмотности.

А время шло. Через неделю надо было сдавать весь материал. У меня в черновую было готово процентов сорок. Все мои попытки ускорить процесс пролетели, как вот то самое над Парижем.

 Я наскоро перехватывал что-то утром и сидел за переводами весь дней. Кушать мне не хотелось. Мне уже ничего не хотелось, кроме одного. А именно: мне хотелось поставить посреди нашей комнаты большой столб.

Потом аккуратно разделить большую пачку статей на маленькие кучки. Разложить эти кучки аккуратно вокруг столба и стать у этого столба. А потом самому поджечь это все. Привязываться не надо было — это все было бы добровольно.

Ведь меня никто не заставлял это все на себя брать. Ну, вот что мне делать через неделю? То, что я ни черта не получу — это ясно. То, что с Торговой Палатой придётся расстаться - тоже ясно. Но я не мог представить тот позор, когда я, как побитая собака, поджав хвост, признаю публично, что провалил всю эту работу!

Впервые почти за три недели я плюнул на все и просто вышел на улицу. Шатаясь бесцельно по городскому парку, я пришёл к холодному выводу: работа должна быть сделана и деньги я за неё не получу.

Вернувшись домой, я позвонил своему приятелю, который синхронный переводчик. Без лишних слов я объяснил ему проблему. Он сказал, что это его не удивляет, так как последние две недели в Палате только и говорят о том, **что** я взвалил на себя. Так как мне нечего было сказать, то он продолжил тему,

- Сколько дней до сдачи заказа?

- Шесть.

-Сколько у тебя сделано?

- Где-то процентов сорок. Но не все отредактировано.

- Встретимся у *Пулемёта*[4] через час. Привози весь материал. Получишь дня через четыре, так как у меня тоже пару заказов висит.

-Ты спасаешь тонущего дебила. Все, что получу- твоё!

-Не веди себя как беременная истеричка. Все твоё. Если расщедришься- с тебя бутылка армянского коньяка.

Через четыре дня я поучил перевод, напечатанный на машинке. Качество перевода- для меня недостижимое. Я выбрал утренние часы, когда в Торговой Палате мало посетителей и принёс перевод докладов с международной конференции по бериллию.

 Сразу же я попросил поражённую секретаршу известить начальницу, что увольняюсь. Причина? Проблемы со здоровьем. И я многозначительно кивнул на две гигантские папки. В одной лежал оригинал. А в другой- перевод оригинала на русский язык.

По дороге домой я подумал о том, что если когда-нибудь и попаду в Америку, -страну неограниченных возможностей, -то буду пробовать себя в разных областях. Везде, кроме предпринимательства. В этой сфере нельзя быть одновременно глупым, жадным, и успешным. Я это наглядно продемонстрировал. И всего за восемь лет до отъезда в страну неограниченных возможностей.

Примечание: Бутылку армянского коньяка я не достал. Ограничился добытым невероятным образом арманьяком[5]. И это было принято с благодарностью.

Пояснения для тех, кто родился при советской власти, но начал жить уже при другой:

1-ОВИР - отдел виз и регистраций. Организация, существовавшая в СССР и постсоветской России (1935—2005 гг.) и занимавшаяся регистрацией иностранцев, прибывших в СССР и Россию, и оформлением выездных документов.

2- режимно-секретное подразделение, осуществляющее контроль за секретным делопроизводством, обеспечение режима секретности, сохранность секретных документов.

3-**В СССР секса нет** — крылатая фраза, источником которой послужило высказывание одной из советских участниц телемоста Ленинград — Бостон («Женщины говорят с женщинами»), записанного 28 июня и вышедшего в эфир 17 июля 1986 года.

4- народное название популярного Кафе- Автомат.

5-Крепкий спиртной напиток (подвид бренди) , производимый посредством дистилляции белого виноградного вина в провинции Гасконь.

Из жизни элиты

Я был избалован с рождения. Как говорят не в стране моего рождения, я родился с серебряной ложкой во рту. Эта ложка была об-
щественным достоянием в стране развитого социализма. Это
страна, как известно, в которой все распределялось поровну. Есть
даже люди, которые знают, между кем и кем все распределялось
поровну. То есть, передавалась эта ложка изо рта в рот. Но зато
ложка была серебряной. Так утверждали старожилы.

Я рос, окружённый отцовской заботой и испепеляющей любовью
нашего правительства и все шло к тому, что я стану достойным
гражданином своей страны.

Я всегда ассоциировал мой личный комфорт с социализмом. Нет
социализма-нет комфорта. И с моих молочных зубов я, как и все
граждане нашей страны, делал бы все, чтобы защитить её, страну
эту, от злобных атак загнивающего Запада. Я имею в виду США.
Кого же еще?

Одним вечером мои друзья и я сидим во дворе нашего многоквартирного дома, пытаясь рассмотреть, а что же делается в самом
тёмном уголке нашего двора. Типичный осенний вечер. Середина

недели в крупном украинском индустриальном центре. Наша четы-
рёхэтажка находилась в непосредственной близости с такими ря-
довыми учреждениями, как железнодорожная станция , бесфор-
менный рынок, и огромный тюремный комплекс. Тюремный комплекс был окружён по периметру здоровенными стенами, на которых торчали сторожевые вышки.

Наш район, то есть все от нашего дома в радиусе двух километров, полностью состоял из частных одноэтажных построек, которые, судя по виду, пережили как Октябрьскую революцию, так и
Вторую мировую войну.

Жители нашей четырехэтажки называли наш район бандитским, но
пятерых моих друзей и меня, чей совместный возраст составлял
аж 64 года, это не волновало. Нам нравилось жить здесь, так как
каждый вечер что-то всегда происходило или на нашем тёмном
дворе, или в совершенно темных подъездах нашего дома. .Каждый
вечер группа неприветливо выглядевших парней и молодых женщин с хриплыми голосами собиралась в так называемом "детском
уголке" нашего двора.

Этих молодых с хриплыми голосами и беспричинным визгливым
смехом наши многоопытные жильцы называли или амарами[1] или
биксами. Мы же просто звали их шалавами. Они приносили с собой бутылки и даже в нашем "пелёночном" возрасте мы уже знали,
что эти бутылки не с кефиром.

Их громкий разговор, обильная и изощренная ругань, визгливый
смех их спутниц часто прерывался мордобитием. И никакой дис-
криминации по половому признаку. Не так посмотрел или не то
тявкнула- глотай коронки!

Одним утром мы нашли в детском уголке две пары женских тру-
сов, один пустой бумажник и, вообще верх везения- настоящий кастет. Обычно все находки — это несколько бутылок, две-три пустые пачки из-под Беломора, и груда окурков.

Насколько я помню нас, 10-летних, никак не интересовали пустые
женские трусы. Но настоящий кастет. Это нечто. Только владелец
Феррари может понять это чувство. Где-то тот же уровень ра-
достного возбуждения. Обладание таким предметом, и я имею в
виду как Феррари, так и кастет, наполняет владельца невиданным
ранее чувством уверенности и превосходства.

Конечно же мы инстинктивно следовали демократическим принци-
пам и, поэтому, каждый из нас был гордым владельцем этого ка-
стета один день в неделю. Я до сих пор помню то ощущение
неприкасаемости, которое испытал, надев эту штуку на пальцы.
Естественно, он не был рассчитан на ручку 10-летнего. Он был тя-
жёлый, выглядел угрожающе и явно использовался много раз.

Я уже упоминал, что темнота превалировала как в нашем дворе,
так и во всех подъездах нашей четырехэтажки. Периодически какой-нибудь идеалист заменял одну из дюжины постоянно разбитых
лампочек. Но её застенчивый 50-ваттный свет почти мгновенно
был ликвидирован обломком кирпича и Ее Королевское Высоче-
ство Кромешная Темнота снова воцарялась на престоле.

Словом, обычно мы вечерами сидели где-то в дюжине шагов от
громкой ругани, визгливого смеха и хриплых голосов. Лиц мы не видели, только огоньки папирос. Иногда, когда обладатели громких
голосов были в хорошем настроении, они могли предложить нам
выпить вместе с ними. ,

Когда это предложили мне, то так хорошо я себя почувствовал только 43 года спустя на автозаправке в городке Dawson Creek, в Британской Колумбии. Это в Канаде. А как я мог себя почувствовать иначе на этой автозаправке, если техник, что обслуживает насос, спросил у меня,

- Вы не прочь выпить со мной виски за компанию?

В данном случае я просто не нашёлся что ответить. Безусловно, это был памятный момент. Но не настолько как первый, за 43 года до этого.

Просто представьте себе: бандюга , может даже настоящий убийца, которого разыскивают с овчарками и автоматами. На которого, может даже, объявлен всесоюзный розыск! И этот бандюга предлагает мне, 10-летнему, выпить. И где? В самом тёмном углу нашего тёмного двора из щербатого, гранённого стакана, из которого он пил сам! И кто осмелится тебя тронуть? Тебя, который только вчера пил с настоящим бандитом. Слова брудершафт мы ещё не знали…

Итак, это был обычный осенний вечер. Монотонный дождь и холодный ветер загнали нас под деревянный навес. Мы сидели, трепались, несли всякую чушь, при этом не спуская глаз с тёмного "детского уголка." Кто знает, может нам сегодня повезёт, и мы увидим милицейский налёт на этих бандюг? А может увидим и настоящую драку! ,

Наше меню развлечений было не впечатляющим. Телевидение еще не шагнуло в наши места. А это было где-то лет двенадцать после окончания Второй Мировой войны. И тут мужчина, одетый как Дик Трейси[2], в дождевом плаще и шляпе, возник перед нами,

-А что это за здание, которое выглядит как крепость?- спросил он, как бы между прочим.

Мы объяснили, что это одна из самых больших тюрем в стране. Он не очень поверил и сказал, что для него это выглядит как сверхсекретный военный объект. Он задал еще пару вопросов и вскоре ушёл в моросящий дождь и темноту...

Нам было этого достаточно! Мы, поколение, воспитанное на таких шедеврах кинематографа, как "Сержант милиции," " Дело пёстрых," "Над Тиссой," и "Подвиг разведчика," могли идентифицировать шпиона, как только мы его видели. Легко!

Мы знали, что американцы шпионят за нами из-за каждого угла и из-под каждого куста. И мы знали, почему они это делают. Потому что они нам завидуют! Вот почему. А что же у нас было такого, чему они завидовали? Такой философский вопрос в наших мозгах не возникал. Но почти каждую неделю наши газеты сообщали об очередном заговоре американо-сионистских врагов. Естественно, все эти заговоры были эффективно раскрыты нашей организацией *Щит и Меч*, скромно именуемой КГБ.

Все мы, почти без исключения, хотели стать разведчиками. В действительности некоторые из моих друзей стали работать в КГБ. Но это уже было значительно позже.

И вот, наконец, возникла та ситуация, о которой мы всегда мечтали: мы встретили настоящего шпиона! Конечно, он был шпионом. Кто же еще может назвать тюрьму сверхсекретным военным объектом? Кто, как ни американо- сионист! В общем, наша задача была простая-мы должны найти ту нору, в которой он укрывался. Трое из нас начали следить за этим, в дождевике и шляпе, типом.

Мы знали, как надо действовать, как действуют профессионалы. Спасибо киношкам. Топали по лужам по противоположной стороне улицы немного позади его. А так как мы знали свой район назубок, мы могли срезать путь и появиться где-то в квартале впереди этого американского шпиона. Моросящий дождь, или как называли его у нас- мряка, ветер…Все это приближало условия к боевым. То есть, как в кино. Другими словами- по-настоящему!

У нас не было раций, спрятанных в портсигарах или в футлярах для очков, поэтому мы использовали наше искусство художественного свиста для связи. Никто не может нормально существовать в бандитском районе, типа нашего, и не уметь свистеть. И не просто, а, скажем, даже выматериться свистом. Этому на уроках рисования не учат.

Общаться свистом — это необходимость. Это в нашей среде было совершенно естественным. Все девчонки умели это делать. Не уметь свистеть… Это как представить собаку, собирающуюся справить малую нужду, которая вначале не обнюхает дерево. Не бывает!

Чем больше мы следили за этим типом, тем больше убеждались, что нам на крючок попалась большая рыба. Конечно, он пытался замести следы. Ну, скажем, заходил в несколько магазинов. Но он точно не знал, с кем имеет дело. Или его американо-сионистские инструкторы не понимали реалий нашей жизни. Ну какой нормальный советский гражданин выйдет из магазина без покупок? А он

выходил. А почему? А потому, что был взращён в развратной роскоши Запада и, видите ли, наши продукты его не устраивали.
Чёртов сноб!

Мои ботинки были мокрые насквозь и в носу уже хлюпало, но я
был одержим желанием найти нору этого гада-шпиона. А его по-
ведение становилось все более и более нервозным. И, как любой
шпион, он начал чувствовать, что за ним следят. С большим удо-
влетворением мы отметили, что он пару раз оглянулся и ускорил
шаги. Ага, давай, ускоряйся. До Америки далеко! Не поможет.

Наше пересвистывание делало его еще более дёрганным Это
особенно заметно было там, где уличное освещение отсутство-
вало. Внезапно он свернул в тёмную подворотню и исчез.

Мы провели небольшое совещание прямо на ходу. Мы точно
знали, что из этой подворотни другого выхода на улицу нет. Значит,
этот гад или ждёт нас за углом или укрылся в одном из частных
домиков.   И как мы были благодарны нашим деятелям киноискус-
ства в этот момент. Мы, благодаря их фильмам, точно знали, что
следует делать и к кому обращаться.

Мы разделились на три группы и спустя минут сорок (часов у никого из нас не было еще лет восемь) встретились у солидного и
мрачного здания КГБ .

Сложно объяснить почему, но наша одержимость в служении ве-
ликому делу и какое-то шпанистое мужество очень быстро улету-
чилось. Почему? Думаю, что дело в том, что некоторые здания
что внутри, что снаружи. имеют особую ауру, какую-то очень спе-
цифическую атмосферу. Какое-то ощущение ледяного порыва

ветра, холодного яркого света. Что-то типа мигрени на все тело или начало эпилептических судорог. Мы в эти молочно-белые годы знали, что эта организация нас защищает. От чего? Ответ: от всего. И если получил в глаз или под заднюю часть профиля- то бежишь к маме. А вот насчёт американского шпиона- только в этот дом.

Чем ближе мы подходили ко входу, тем меньше становились наши шаги. От всего этого здания веяло неподкупной жестокостью. Конечно, это я сейчас так пишу, но тогда, как-то даже не вяжется сказать, что мы чувствовали какое-то холодное равнодушие, что ли. Сложно сказать. Но мы пришли с благородной целью донести о подозрительной активности. Чего бояться? Долг каждого- донести, если что не так.

Я был в группке, которая вошла в это здание. Было где-то около десяти вечера. Длинные, слабо освещённые коридоры, двери без надписей. Наконец, на одной мы увидели небольшую табличку " Дежурный офицер." Я открыл дверь, не постучав. Комната была огромная, а потолка вообще не было видно. Очень высокий потолок. Похоже на зал, а не на комнату.

Человек в военной форме сидел за столом, и он не делал ничего. Буквально. На столе не было ни книги, ни газеты, никаких бумаг. Чистое поле. Офицер не выразил ни малейшего удивления, увидев нашу тройку. Он улыбнулся и спросил, а что случилось. Я начал говорить. И вся моя уверенность и гордость за наше расследование начали улетучиваться с каждым словом.

 Но я продолжал говорить, пока мои друзья не подхватили тему.

Перебивая друг друга и приводя детали, которые даже Шерлока Холмса заставили бы нам завидовать, мы выплеснули на дежурного офицера все наши подозрения. Я имею в виду подозрения за последние три часа. Он достал из стола большой блокнот и начал туда что-то записывать. Он перестал записывать, когда мы связали наши наблюдения с американскими провокациями против Китайской Народной Республики. Я отдаю должное этому офицеру- он ни разу не прервал нас.

В конце концов водопад наших наблюдений и выводов иссяк. Офицер встал, пожал каждому из нас руку и от лица всей организации выразил нам благодарность. Он уверил нас, что все будет под контролем и пожелал нам спокойной ночи. Он даже дал нам телефонный номер КГБ в случае, если мы заметим что-либо подозрительное.

Мы возвращались домой молча. Что-то было не так, и я не мог понять, а что же не так.   На следующий день в школе, когда весь класс был по уши в премудростях русской грамматики, на меня внезапно нашло озарение. Я понял, чего не хватало прошлой ночью. Не хватало извинения. Мы должны были бы пойти в тот частный дом, который мы так профессионально идентифицировали как шпионское гнездо. Мы должны были бы найти вот того человека, который выглядел как Дик Трейси в своём дождевике и шляпе и извиниться перед ним. Извиниться за что? Не знаю. Просто извиниться. Возможно, это был не первый раз в моей жизни, когда мне было стыдно, но это уж точно тот случай, который я помню. И только много-много позже я понял почему.

1   - ((блатн. жарг)- проститутки.

2 -Герой фильма, суперполицейский и фанатик своего дела, который ненавидит сидеть за столом и перекладывать бумажки, а предпочитает работать на улицах города,

Кино-тест

Не удивительно, что морально-социальный тезис, *Скажи мне, кто твои друзья и я скажу, кто ты*, запах падалью уже лет двести тому. Ведь идея принадлежит Еврипиду. А это где-то лет пятьсот до Христа. Идею в слова облёк бессмертный автор Дон-Кихота.

 Ничего не получится, если в этом высказывании заменить *друзья*, скажем, на *социальные сети*. Ну, что-то типа, *Если ты на Одно-классниках- иди, ищи такого же идиота, как сам.*

 Все остальные критерии охарактеризовать индивидуума тоже не дают ничего. Ну, вот как это-*Скажи мне, какой фирмы у тебя те-лефон, и я скажу кто ты?* Или, *Скажи мне из какой ты синагоги, и я скажу...*

<u>Но есть, наверное, один критерий, который точно характеризует того, кого надо.</u> И звучит он так, *Скажи мне, какие фильмы ты смотришь, и я скажу, кто ты.* Ведь ничто так быстро не показы-вает истинную сущность человека, как его реакция на то, что он видит. Это я так считал. Ага…

Ну, идёте вы по улице. Днём. Проходит мимо хомо-полу-сапиенс и с размаху бьёт вас по морде. И ничем другим он вас не оскорбил, ничего не сказал. Просто погода навеяла.

Кто-нибудь подошёл, помог вам подняться? Нет. Но все заснято на телефоны. И очень может быть, что через час вы увидите этот эпизод на ТикТоке уже с тысячу просмотров и двумя сотнями лайков. И вот теперь вы точно знаете, что из себя представляют те, кто вас снимал на фото, но не помог подняться. А так бы вы и жили в сумерках.

И ведь недаром короли заказывали портреты своих потенциальных невест. Разговорам никто не верил. Правда, портретам тоже не особенно. Британский король Георг IV поверил портрету своей невесты Каролины Брауншвейгской. Когда же он её увидел в реальности, то от ужаса напился в зюзю. Известно, что лучше один раз увидеть, чем...

Поэтому все романтические письма обычно содержат главную фразу...пришли фотку!

Конечно, не без исключений. Великий Сирано де Бержерак расположил к себе красавицу Роксану отнюдь не своей фотографией.

А лучше всех приоритет визуального над всем остальным выразил В. И. Ленин, **Из всех искусств для нас важнейшим является кино.** Висело сие в каждом кинотеатре.

А ведь действительно. Книгу надо найти, купить, одолжить, или украсть. Потом надо научиться читать. Потом найти время, чтобы прочесть. Прочесть. Переварить. И, желательно, понять, а о чем это все. Другими словами, грусть, тоска, и тягомотина.

А так- пришёл в кино и все понятно. И даже с музыкой.

 Кто сказал, что в стране жрать нечего? Враги! Вот в фильме »Кубанские казаки» показана правда. Что-то типа киножурнала, »На полях страны.»

 А вся эта лживая трепотня , что первая страна во всем, мол, милитаризируется. Ложь врагов! Фильм «Трактористы» показывает все по-настоящему. Честно показано, что если водишь трактор, то пересесть за рычаги танка- как плюнуть! Или наоборот. Как только первый маршал в бой нас поведёт.

А как насчёт бессовестной лжи Запада, что в единственной в мире стране существует антисемитизм на государственном уровне? Кого вы слушаете? Посмотрите правдивый фильм «Искатели счастья.» В этом фильме все, кто заслуживает счастья - его получает. Кроме Пини. Но он виноват сам. Захотел золота вместо работы в колхозе. Не учёл, что Биробиджан — это не Клондайк.

Когда появился фильм «Щит и меч,» многие хотели быть, как главный герой Саша Белов, или по-простому Иоганн Вайс. У меня и у всех моих однолеток этот фильм вызывал законную гордость за то, что мы живём там, где такие люди существуют. Я даже представить не могу, чтобы кто-то из пацанов выразился неадекватно об этом шедевре военной правды.

 Но вот что действительно интересно: когда прошёл совершенно культовый сериал «17 мгновений весны,» то большинство симпатий к главному герою испытывали девочки.

 Мужское же население млело от Мюллера в гениальном исполнении Леонида Бронового. И когда я говорю о мужском населении, то, конечно, имею в виду своих однолеток и себя самого. О, нет, начальником гестапо никто не стремился быть. По крайней мере, вслух это не высказывалось.

Взахлёб пересказывая фильм «Сорок первый» со звуковыми эффектами нашему соседу, который внешне очень походил на Г. В. Плеханова, я не мог понять, почему он как-то странно на меня смотрел. Потом понял. Он смотрел с сожалением. Ну, так, наверное, смотрят на не очень продвинутых в мозгах. Это мягко говоря.

А чего так? Фильм-то какой! Все восхищаются. Какая Марютка красивая, хотя немного грязная!

-А вы смотрели фильм?

-Я читал этот рассказ Лавренёва. А ты читал его?

-Та я же фильм посмотрел. Вы бы, Сергей Анатольевич, только глянули бы, как Марютка белых снимает. Как в тире! Как вам она?

- По рассказу- обычная деревенская деваха. Неграмотная , ничего не зна...

- Так стреляет как здорово! И красивая!

- Возьми, дружок, перечитай «Три мушкетёра.» Там намного лучше.

И я впервые понял, что, оказывается, мнения могут быть разными.

Но пока все было просто. Сложно же стало, когда наступил романтический период. Обязательной составляющей самого простого свидания был поход в кино. Полутёмный зал, желательно в последних рядах, сидение рядом- все это определялось термином

интим. Другого, если не считать стояние в подъезде, не существовало.

Выбор фильма был ЕГО обязанностью. ОНА же могла судить о своём временном избраннике по тому, какой фильм он выбрал. Обычно, ничего хорошего из этого не получалось. Но не сразу. Вот если дело доходило до женитьбы – вот тогда самое время. Припоминаются эстетические страдания , которые ОНА перенесла, посещая выбранные ИМ фильмы.

-Так а чего же ты не сказала, что тебя это все на тошнотворку тянет?

-Не хотела тебя обижать тогда. У тебя даже на мороженое еле хватало.

- А сейчас, что, можно?

Следует гениальный ответ,

-- Я думала, что ты поумнеешь!

Мне очень нравился и нравится великий французский комик Луи де Фюнес. Всем моим друзьям он нравился тоже. И, естественно, когда я выбирал фильм для встречи с ней, то старался попасть на фильмы с его участием.

После фильма, еще под впечатлением, цитируя смешные фразы, пересказывая виденные 15 минут назад эпизоды, и довольный, что не надо в туалет, я не хотел видеть очевидного. Во-первых, фильм ей до лампочки. Как потом мне говорили разные представительницы доминирующей половины,

- Кривляется этот Фюнеска, как дешёвый клоун. Одно и тоже. Как Ванька-Встанька. Те же трюки, те же гримасы. Кем надо быть, чтобы эту ахинею смотреть? Да еще по два раза.

Пытался возразить,

-А что, Бриджит Бардо что-то делает особенное?

-А зачем ей что-то делать? Посмотри, как ей блузки с открытым воротом идут!

На это мне возразить нечего. Таки да!

Во-вторых, она же человек и ей тоже надо в туалет. Но-нет! Признаться в этом- как прийти на приём в Ватикан в бикини. И только в верхней половине. Вопрос решается всегда просто- надо срочно домой. Надо! Какие-то попытки где-то посидеть, постоять- не работает. Что работает? Быстрым гренадерским шагом домой. Она к себе домой.

Насколько проще с этим в Америке! Где угодно-хоть в ресторане, хоть в кино, хоть на пляже, наедине, даже средь шумного бала – говорится просто и громко,

- I need to pee!

Или,

- Иди, я тебя догоню!

В Америке вообще все иначе. Про возможность интима во всех мыслимых ситуациях от машины до затяжного прыжка с парашютом уже говорить не приходится. Да и разнообразие фильмов, даёт широчайший выбор. Но фильмы, в основном, американские.

После таких сильных фильмов, как «Хроника пикирующего бом-
бардировщика,» «Пепел и алмаз,» «Влюблённый пингвин,»
«Июльский дождь,» «Дождливое воскресенье,» «Привидения в
замке Шпессарт,» да и еще сотни других, меня потянуло на что-то
более лёгкое. И американские фильмы меня в этом не разочаро-
вали.

Начал я с вестернов. Вернее, с так называемых спагетти вестернов. Да, сюжет предсказуемый, и, конечно, наши в конце концов
побеждают. Но присутствует американский индивидуализм- один
против всех. И это впечатляет. И неважно, или это Чарльз Бронсон, Барт Рейнолдс, Гарри Купер, Керри Грант, или Клинт Иствуд.
Идея в том, что надеяться кроме как на себя - не на кого. И, в общем-то, это так и в жизни.

Прекрасно понимаю, что так не было. Что все отполировано. Что
нет серого- только белое и черное. Но я вспоминаю великие слова
великого писателя, *...благополучным концом своих рассказов я
хочу сказать, не верьте мне, люди, в жизни так не бывает. Но,
прочитав их, постарайтесь, чтобы так было...* Не цитата.

И, живя в этой стране, понемногу начинаешь понимать, как она
создавалась. И, конечно, не героями Джона Уэйна. Потрясающий и
страшный сериал «Deadwood" показывает очень сильно, как и из
кого возникали будущие лидеры. И я начинаю думать, что, иначе,
возможно, и не получилось бы.
Будучи не очень умным, поделился своими впечатлениями от вестернов с американскими коллегами,
- Вчера очередной вестерн посмотрел. Ну, как в этом городке…

- Ах-х-х(искусственно зевает). Ну да. Один в месяц можно глянуть. И раз в год. Опять все то же- жадные хозяева, робкое население, и- всадник ниоткуда. Говорит мало, стреляет, не глядя и не вынимая сигару изо рта, не пьянеет, к женщинам не липнет. Но и не избегает.

 И, перестреляв человек двадцать и, ни разу не перезарядив свой шестизарядный кольт- уезжает в закат. Вот это тебе нравится? Это же голливудский примитив, штамп! Ничего и подобного не было. Тебе сколько лет? Когда уже вырастешь?

 Слышь, Пол, ему нравятся вестерны. Лучше уж *Star Trek.* Там хоть декорации интересные. И каждый раз - новые монстры.

Новые монстры? И мне хочется спросить, а ему-то сколько лет? И не хочется после этого мне говорить, что нравятся мне немые фильмы двадцатых годов. Что я в восхищении от мастеров физической комедии. Даже субтитры смешные.

 Что я с удовольствием смотрю американские фильмы сороковых и пятидесятых годов. Такие, как например, «Women,» «High Noon.» Или фильмы с Фредом Астером и Джинджер Роджерс, Мирной Лой и Вильямом Пауэллом.

И что мне не хочется смотреть фильмы, где королева Англии – черная актриса, или о ковбоях-гомосексуалистах. Или о клоуне- серийном убийце.

Я понимаю, что это мои вкусы не введут меня в круг близких друзей некоторых моих коллег. Ведь мне же нравится, когда швыряют друг другу в физиономию

кремовые торты. Когда неадекватно ведут себя в госпитале. Неадекватно, но так смешно. Когда идёт такой диалог,

- Я собираюсь жениться!

-А на ком?

-Как на ком? На женщине , конечно! Ты что, знаешь кого-нибудь,
кто женился на мужчине?

-Да.

-Кого??

- Мою сестру.

я понимаю, что сейчас ни в жисть такой диалог не выпустят. Ибо
это намёк и дискриминация.

Но я не играю в гольф и не понимаю бейсбол. Так что моё утвер-
ждение, *Скажи какой фильм тебе нравится, и я скажу кто ты*-
не работает. А что работает? А то, что сказал Еврипид. Где-то
2500 лет назад. Как в воду глядел.

Жажда

У нас было все необходимое для нормальной счастливой жизни.

Во-первых, рабочая столовая на первом этаже. Там на столах хлеб лежал бесплатно. Во-вторых, в подвале была районная прачечная. Почему все предпочитали стирать дома и вывешивать на просушку все вдоль коридора- загадка.

В-третьих, детский сад был во дворе, школа – на соседней улице, а тюрьма-напротив.

За углом был единственный на весь район кинотеатр. И, наконец, буквально рядом был базар. До рынка он не дотягивал где-то лет пятнадцать.

В соседнем подъезде была детская библиотека. Уже не говорю о киоске с вином на вынос прямо на трамвайной остановке. Чуть не забыл главное- за шесть трамвайных остановок- танковое училище. Настоящее! Благодать. Я так считал.

Ну, в моем возрасте это было простительно. Это был возраст, в котором почти все британские адмиралы начинали свою службу в королевском военно-морском флоте. Другими, словами, в тринадцать лет.

Почему я после школы шёл напрямую в библиотеку, а не домой,- а это в соседний подъезд,- объяснить не берусь. Скорее всего меня привлекало огромное количество книг. Самых разных.

 Дома, в нашей комнате, были книги. Немного. Инженерные- для отца, медицинские- для матери, остальное- для меня. Остальное включало, но не было ограничено, несколькими романами Ж. Верна, пару книг Фенимора Купера, немножко Майн Рида, избран- ное Джека Лондона, конечно, же, «Чиполлино,» «Приключения Незнайки,» Луи Буссенар, и сборник рассказов о Великом Детек- тиве.

Журналы «Политическое Самообразование» и «Блокнот агита- тора» навязывались и, поэтому, литературой я их не считал. Было несколько книг с поэзией, но, как нормальный ребёнок из полу-кри- минального района, я их игнорировал. Ну, это до поры до времени.

 Отдельное, почётное место занимали избранные рассказы О'Генри. Это был толстый, коричневый, слегка потрёпанный том. Особенно трепетно к этой книге относилась моя мать,

- Я жива благодаря этой книге!

Начитавшись шедевров в сборнике «Библиотечка военных при- ключений,», я долго искал на этой книге следы от пуль или оскол- ков, которые приняли на себя удар и спасли мою мать. Ни черта не нашёл. Выразил своё недоумение и получил ответ,

- Когда меня сбила машина и я лежала в больнице - медсестры и врачи считали, что моё дело конченое. Помнишь, как ты у бабушки задержался на летних каникулах аж до ноября? Ну да, это я была в больнице.

- Та это я знаю.

-Да, так твой отец после работы, не заходя домой, приходил в больницу, садился у моей койки и читал мне вслух рассказы О'Генри. Было интересно. Но когда он начал читать «Вождь Краснокожих» - я начинала смеяться так, что врачи боялись, что все мои швы разлезутся!

-Ма, во дворе пацаны просто говорят- лопнула мимо шва!

- Ну, где-то так. Словом, эта книга – особенная. Я и выжила благодаря ей. Как, почему? Потому, что мне хотелось услыхать новый рассказ. А там их много. А, значит, надо тянуться. Выживать.

Я перестроился с Конан-Дойля на О'Генри и эту настройку не поменял до сих пор.

Мои ежедневные приходы в библиотеку были положительно отмечены персоналом. Так как я не пытался вынести под рубашкой журналы с фотографиями киноактрис, то ко мне прониклись доверием. Спустя короткое время мне разрешили заполнять библиотечные формуляры, доставать книги с полок и ставить их обратно.

Конечно, небольшой шкурный интерес я в этом занятии имел. Мне удалось узнать адрес принцессы из параллельного класса. Ее называли принцессой, потому что у неё, единственной во всей школе, был маленький изящный полушубок, в котором она здорово смотрелась. Носить она его начинала где-то в середине октября. Переставала носить- к концу апреля. Как она в нем не испарялась- непонятно.

Злые языки утверждали, что она не снимает свой полушубочек даже на уроках. Ну, понятно, от кого эти слухи.

Она жила в так называемых офицерских домах рядом с танковым училищем и к таким штатским как я относилась с генетическим презрением.

Используя кусок кальки, я перерисовал иллюстрацию из сказки «Принцесса на горошине,» вложил в конверт, надписал её адрес и послал. Без комментариев. Просто так.

 Конечно, она понятия не имела, кто послал, и её отношение ко мне, как и ко многим другим, осталось таким же. Как говорят, очень курносым. Но мне стало легче.

А вскоре я подхватил вирус. Вирус чтения. Это при наличии обычной школы, музыкальной школы, спорта, футбола во дворе, и нормального общения там же. Сразу после школы я забегал в рабочую столовку, запихивал в карманы ломти бесплатного хлеба со столов.

 Уже знавшие меня уборщицы иногда даже выносили компот и, если особенно везло, целую тарелку сухофруктов из компота. Я набивался этими дарами, домой идти уже не надо было, и шёл в библиотеку. Там было тихо, почти пусто, и несколько залов-комнат, заполненных книгами.

Книги про войну мне уже надоели. А вот фантастика- совсем другое дело. «Туманность Андромеды,» «Аргонавты Вселенной,» «Звёздные корабли,»
« Звёздные дневники Йиона Тихого,» «Магеллановы облака,» «Я-

робот,» «Бегство с Земли,» «Робинзоны Космоса,» «Марсианские хроники,» «Робот-зазнайка» …

 Фантастика Ефремова, Беляева, Лема, Хайнлайна, Брэдбери, Шекли, Саймака, Азимова, Артура Кларка, Генри Каттнера, Рене Карсака. Чего мне не хватало- так это еще пары глаз. Это как минимум.

Читать по ночам с фонариком- не тот случай. Мы все жили в одной комнате, и моя койка стояла через стол от кровати моих родителей. Много не начитаешь.

  Когда мои родители читали - я понятия не имел. Книги они брали во взрослой библиотеке, которая была не в нашем доме. То есть, я видел, что они приносили книги, но вот когда находили время читать…

Некоторых авторов я запомнил. Это писатель со смешной фамилией Пруст, Бальзак, Теннисон, Сервантес, Салтыков-Щедрин, Бернард Шоу, Лопе де Вега, Лесков, Паустовский, Мольер.

Среди наших соседей по коммуналке была одна пара, которая держалась особняком. Мало того, мужчина из этой пары ходил так, будто он все время смотрел на Полярную звезду. То есть, ходил он так гордо задрав голову, будто мы все дерьмо, а он -пенка на этой поверхности. Годы спустя я узнал, что во время войны он был председателем военно-полевого суда где-то на Юго-Западном фронте. Не совсем понимаю, чем это он так гордился?

Его жена, судя по всему, считала себя выпускницей Института благородных девиц (по возрасту, скорее всего) и удостаивала разговором только моих родителей.

Однажды я застал её за горячим спором с моей матерью в конференц-зале, то есть в нашей коммунальной кухне. Сначала я подумал, что кто-то по ошибке выключил чужой керогаз. Нет, спор шёл о какой-то книге. Я послушал пару минут, ничего не понял и вернулся в комнату.

За обедом моя мать,

- Я не знаю, за что, но Зина опять выбрала меня своей жертвой!

Мой отец ничего не спрашивал, так как знал, что продолжение будет.

- Это насчёт вот этого, как его… а, романа «Не хлебом единым.» Мол, не считаю ли я, что этот роман — это критика нашей партии и правительства.

-Ну и что ты…?

- Я сказала, что ничего не понимаю в производстве чугунных труб. А она мне, мол, не надо со мной хитрить…

-Ма, а где трубы?

-Я с папой говорю. Уже доел? Иди и сложи учебники назавтра. А то опять будешь копаться утром!

Это было единственное обсуждение литературы в моем присутствии.

 Но так, как бы между прочим, мой отец упоминал в разговорах со мной то Франсуа Рабле, то Брет Гарта, то Лоренса Стерна. Спрашивал, а чего до меня дошло в «Господах Головлёвых.» И нравится ли мне комедии Оскара Уайльда.

Конечно, это все было уже значительно позже.

 Русскую и украинскую классику проходили в школе, и я читал не только то, что шло по программе. Целые главы из «Евгения Оне-гина» я запоминал легко. Как, впрочем, и «Энеиду» Котляревского – там было много, чего хотелось запомнить. Иван Франко мне шёл не очень, а вот Леся Украинка и «Вечера на хуторе близ Диканьки» Гоголя воспринимались легко.

Во дворе моя популярность резко возросла. Вечерами, мы, па-цаны, сидели на одной лавочке, наши дворовые девчонки-напро-тив. Где-то минут через пятнадцать обычного трёпа,

- Слышь, шкет (это ко мне) а ну травани чего-нибудь! Вон, вчера не досказал про какое-то привидение. Чего оно там еще нахомутало смешного?

И я подавал «Кентервильское привидение» Уайлда так, что автору это даже и не приснилось бы. Чего только это привидение не де-лало! Это в моей интерпретации, конечно. С него я легко перехо-дил на «Летучего Голландца,»
 потом на «Парижские тайны,» Эжена Сю…

Конечно, иногда случались и обрывы, типа,

-Слышь, я твоей брехни наслушался, взял книжку про то привиде-ние. Та ничего там такого и близко нет!

У меня уже ответ был готов,

-Ты сам козел! Ты хоть посмотрел, какое издательство это напеча-тало? Это же Детгиз! Ты чего, мамкино молоко еще грызёшь? Я вам настоящую историю рассказывал. Где взял, где взял? Это из первоисточника!

Слово <u>первоисточник</u> было самым главным. В нашем коллективно-заполированном сознании первоисточники — это работы Маркса, Ленина, Энгельса. Это все! Там ошибок по определению быть не может! Так что мне это все сходило с рук.

А потом я понял, что ничего мне с рук не сходило. Просто всем интересней было слушать мой бесконечный трёп, чем листать страницы в поисках одной смешной фразы. Из всех комплиментов, что я вообще когда-бы то ни было получал, самый запоминаю-щийся, *А ты был бы клёвым соседом по нарам! Срок бы я легче отматывал.*

Со временем у нас дома появилось немного подписных изданий. До Всемирной Литературы у нас руки не дошли- не было соответ-ствующих контактов. Но мои родители и я брали то, что доступно, в библиотеках. Моё скромное мнение: не все стоило включать во всемирное литературное наследие.

А потом-Америка. Здесь любые книги любых авторов. И никому не нужны. У меня иногда просто дрожали руки, когда я заходил в какой-нибудь трёхэтажный магазин старых книг. Там было все. От каких-то древних восточных манускриптов на страницах из шелка до путевых дневников Семенова-Тянь-Шанского. Или письма из тюрьмы раввина Меира Кахане.

 Но самое депрессивное состояние возникает, когда заходишь в об-щий зал в любом из русскоязычных домов для престарелых. Все стены — это книжные шкафы. Все полки забиты Всемирной литературой, Шекспиром, Диккенсом, Чеховым, Пушкиным, Вересаевым, Тургеневым, Шолом-Алейхемом, двумя-тремя изданиями Детской Энциклопедии… Это то, что эмигранты везли с собой из СССР. Или, скорее всего, отправляли по почте.

Это, а не шубы и ящики с платиновыми коронками. Но здесь это не нужно. Не им уже, и не их детям. Кто-то сказал, внукам? А-а, послышалось.

Но почему же не бросили все там? Я думаю, что это как жажда в пустыне. Напиться чистой родниковой водой невозможно. Физически ты её уже пить не можешь. Лопнешь. Но подыхаешь, опустив истлевшую от жара морду в прохладный ручей. Потому что это то, чем ты жил. И даже подыхая, жить без этого не можешь.

Да, я прочитал годы спустя роман Дудинцева «Не хлебом единым.» Типичный производственный роман. Там столько же критики партии и правительства, как и критики президента Джорджа Вашингтона.

Необходимое условие

Это был единственный день в неделю, когда можно было подольше поспать. Воскресенье. Можно было. Но нельзя. Надо было идти в музыкальную школу и быть там к восьми утра. До двух выходных дней в неделю еще оставалось десять лет.

 Мало того, что каждый божий день сразу после обычной школы я должен был топать в музыкальную. Мало того, что я приходил домой около восьми вечера и уроки делал в треть глаза. Мало того, что я почти забыл, как делать подкат или навешивать с углового. Мало того, что я должен был каждый день разучивать этюды. Главное- я все это терпеть не мог.

Любой нормальный человек спросит, А зачем же ты это все делал? Назло кому? Никому не назло, а на то была воля моих родителей.

Скорее всего, если бы мы жили, скажем, в Бретани лет шестьсот назад. И, допустим, в своём родовом замке. И наша фамилия, скорее всего, была бы где-то Де Монфор. И в трёхлетнем возрасте мне, скорее всего, было бы присвоено звание полковника гвардии. А в пять лет я был бы обручён с трёхлетней принцессой из

Андалузии. Вот тогда, может быть, в музыкальную школу меня бы не отдавали.

Но мы жили в коммуналке с шестью соседями и одной уборной (не путать с туалетом) и нашу фамилию могла произнести даже дворничиха. А это дано не всем. Например, фамилию Финкельштейн она произносила как Финики. И ее понимали даже сами Финкельштейны.

 Мои родители не могли передать мне в наследство родовое поместье. Но мои родители хотели мне добра и успехов в жизни. И меня привели в музыкальную школу в возрасте шести с половиной лет. И в этом же возрасте я пошёл в обычную школу. Впервые.

По какому принципу я был отобран в скрипичный класс? Думаю, что по национальному. Если кто-то считает, что Давид и Игорь Ойстрахи, Борис и Михаил Гольдштейны, Елизавета Гилельс, Яша Хейфец, и Миша Елман родом из Танзании, то он ошибается. Наша дворничиха, например, точно знает, что люди с такими фамилиями не из Танзании.

Меня приняли и началось...Тот, кто не учился игре на скрипке, никогда этого не поймёт. Все тело находится в неестественном положении. Левая рука с вывернутым локтем и кистью. Пальцы правой руки сводит судорога, так как держать колодку смычка надо не так, как держишь швабру. Левое плечо болит, так как подвёрнуто под скрипку.

 И при этом ты не сидишь, как скажем, с арфой на облаке. А стоишь. И часами пилишь гаммы. Другого названия этому процессу быть не может. С чем сравнить? Это как повторять буквы от Л до

Т два-три часа в день. Это чтобы где-то через месяц ежедневных самоистязаний произнести слово ЛОТО. А, чуть не забыл. И при этом все делать, стоя с заломленными в страстном порыве руками.

Когда я прочитал «Осуждение Паганини,» А. Виноградова,- а это было пару лет после приёма в музыкальную школу, - на меня большое впечатление произвела не столько книга, как обложка. Демонического вида скрипач. А когда я прочитал, как его отец заставлял заниматься днями, то пару раз, так, ненароком, оставлял эту книгу раскрытую на нужном эпизоде на столе. Результат? Никакой!

Попытки воздействовать на эмоции своих родителей я не оставлял. Большие надежды я возлагал на рассказ «Пробуждение,» И. Бабеля. То, что там описано, было мне очень близко. Результат? Не сработало.

Так что каждый день после школы я где-то часа два еще торчал в классе в группе продлённого дня. Ибо только так я мог сделать уроки. Потом шёл домой, вылавливал из борща мясо, заедал это сгущённым молоком, которое жрал (слово **ел** сюда не подходит по смыслу) ложками прямо из банки, брал свой брезентовый футляр со скрипкой и топал в музшколу.

Каждый день занятия в музшколе были по Специальности, потом Сольфеджио, потом Обязательное (так и называлось) фортепиано, потом Музыкальная литература. Специальность — это скрипка. Там было несколько учителей. Поэтому, когда заходил в здание, то создавалось впечатление, что пришёл на коллективные похороны.

Кто-то сказал, что звуки скрипки больше всего имитируют человеческий голос. Возможно. Но то, что играют ученики первые несколько лет очень напоминают Кадиш[2] переложенный на музыку.
Тягучие, тянущие душу звуки, часто со скрежетом, когда смычок
задевает деку скрипки…Полное ощущение, что ничего хорошего в
жизни не было и, главное, уже никогда не будет.

Но в каком я был восторге, когда спустя годы услыхал «Чардаш,»
Витторио Монти в огненном исполнении какого-то венгерского
скрипача. Это надо слышать самому. Это объяснить невозможно.

 И это была скрипка?? Где же все эти изматывающие душу гаммы
и этюды? Вот если бы, когда меня принимали в эту школу, мне бы
дали послушать этот «Чардаш» - уверен, что моё отношение к
Специальности было бы совсем другим.

Но самым интересным для меня были занятия по Музыкальной
Литературе. Я не знаю, почему это так назвали. Ведь нам не
только рассказывали биографии великих. И я имею в виду не клас-
сиков марксизма. Мы, а это человек пятнадцать, знакомились с
либретто разных опер, слушали начало известных произведений.

Почему только начало? А проигрывателя не было. И учительница
просто играла вступление, скажем, первые десять тактов ка-
кого-либо произведения. И надо было это запоминать, так как на
экзамене она играла разные кусочки а мы, каждый в отдельности,
должны были назвать, а что играют.

А в конце каждого занятия был своего рода тест. Учительница играла какой-то небольшой отрывок, а мы на слух должны были

записать нотами все это. Ведь, по определению, у скрипача должен быть абсолютный слух.

Ну, я могу понять, почему я долго не мог ходить на бокс- пальцы
закрепощаются. Но почему не мог играть в футбол? Как это связано с абсолютным слухом? Но в школе сказали, что ни в коем случае. А во дворе мне объяснили: если какую-то лажу слепишь во
время игры в футбол, то получишь в ухо. А это может повлиять на
абсолютный слух. А вот с этим доводом я был согласен.

А вот с Обязательным *фортепиано* было интересно. В нашем
доме, а это шесть подъездов, этого предмета роскоши не было ни
у кого. Приходилось идти в школу, это та, что музыкальная, нахо-
дить пустую комнату с фортепиано и учить задание, пока не
придёт какой-нибудь учитель и попросит удалиться. Но в конце
года были экзамены по всем этим предметам.

Вся страна работала по шести-дневной рабочей неделе. И мы не
были исключением. Это я про занятия. А вот в воскресенье было
нечто, что официально называлось *оркестр*. А неофициально- по-
сиделки.

Нас приучали играть в куче, то есть, в так называемом оркестре.
Все было как взаправду: первые скрипки — это те, кто более-ме-
нее уже умеют извлекать из скрипок не только скрежет. Вторые
скрипки- чуть хуже первых. И третьи скрипки- парии оркестра, пе-
оны. Потом была группа виолончелей. И это все.

Само собой разумеется, я входил в группу третьих скрипок. Если
первые скрипки вели мелодию вместе с виолончелями, а вторые
скрипки создавали благообразный фон, то третьи скрипки слегка

потявкивали, дабы не испортить общую картину. И, конечно, у нас был дирижёр- один из учителей.

Понятно, что оркестр должен играть для кого-то. В качестве жертвы был выбран местный Дом Офицеров. За те несколько раз, что мы там играли, я не видел в переполненном зале ни одного офицера. Одни рядовые. Судя по оглушительным аплодисментам и криками **бис!** мы уже тогда понимали, что даже наш оркестр это лучше, чем семинар по партийно-политической работе в Вооружённых Силах. Или занятия по строевой подготовке перед ужином.

В нашем репертуаре обычно было одно произведение. Исполнение его более трех раз подряд вызывало у многих из нас дрожь в конечностях. Но такие выступления были нечасто.

А вот некоторым из нас было даже доверено играть соло. То есть, стоишь на сцене, как лошадь в магазине. Аккомпаниатор делает тебе знак играть, а ты забыл все. Ну, вот все. Я был свидетелем этого. Сложно забыть.

Она стоит на сцене, держит скрипку, и… ничего не играет. В зале тишина. Аккомпаниатор старается помочь и несколько раз начинает вступление. А скрипачка - как замёрзла. Стоит, держит скрипку и ни звука.

Я видел, что было с её преподавателем. Он, стоя в кулисах, в прямом смысле держался за стенку. Смотреть на него было страшно. Рядом с ним стояла мама этой девочки. Она смотрела в пол и, по-моему, молилась.

Девочка молча ушла со сцены. В зале - ни звука. Это в том же Доме Офицеров.

Сложно сказать почему, но мы, совсем неспелые, никогда не об- суждали этот случай. Каждый из нас инстинктивно понимал, что эта девочка чувствовала там, на сцене, перед полным залом. Объ- яснить это не берусь.

Но всему хорошему приходит конец. Это я о том, что прошло всего десять лет и я получил диплом об окончании этой музы- кальной школы. Это после выпускных экзаменов. После этого прошло еще семь лет, прежде чем я снова взял скрипку в руки. Но очень ненадолго. И не свою.

Находясь, как обычно, в долгосрочной командировке, я узнал, что в подвале общежития, в котором я жил, репетирует местная рок- группа. Ну, это, скорее, был вокально-инструментальный коллек- тив. Но кто хочет носить такое бесполое название? Рок-группа- и не меньше! Там было все, что и должно было быть. Включая по- дружек музыкантов, которые сидели со скучными лицами и терпе- ливо ждали, когда же это все кончится.

Я попросил разрешения присутствовать на их репетициях. Разре- шили. Я молча сидел в стороне и получал удовольствие от энтузи- азма. Так продолжалось где-то две недели и почти каждый вечер. Они играли три раза в неделю на танцах и мне было позволено за- ходить на танцы бесплатно.

Когда их руководитель узнал, что я окончил школу по классу скрипки, он решил этим воспользоваться,

-У вас скрипка с собой? (ко мне обращались на ВЫ, так как почти все эти парни работали на монтажной площадке в бригаде, с которой я имел дело. По возрасту я был ненамного старше).

-Нет.

- Нет проблем. Вот нам через неделю играть на выпускном вечере медицинского техникума. И это не здесь, а в пригородном ресторане, что на главной трассе на город. Знаете?

-Да.

--Вы бы смогли с нами отыграть? Скрипка -это будет так необычно!

-Да уж. Скрипка в рок-группе. Это…

- Да у меня уже и репертуар под это есть. Скрипку, то есть электроскрипку, мы вам купим. И фирменный костюм, как у всех у нас, дадим. Ну, чего, принято?

Я думал меньше минуты. А чего бы нет? Сколько выходных дней я прошлялся по тем же самым улицам, не зная, как бы скорее дотянуть до рабочего дня! Попробую. Будет, что вспомнить.

Через три дня мне вручили электроскрипку. Я скрипку не брал в руки лет семь. Вообще. А электроскрипку видел впервые. Попробовал. С одиннадцатой попытки что-то получилось вместо кваканья. Подружки музыкантов выразили фальшивый неприкрытый восторг.

Некоторые проблемы возникли с костюмом для выступлений. В основном, с брюками. Их надо было укоротить где-то на метр. Девочки проявили неожиданную инициативу и с большим удовольствием сняли с меня мерку. Через два часа мне постучали в

комнату, где я жил и внесли костюм на вешалке. Так как гардероб-
ной у меня не было, то я попросил двух девчонок, которые доста-
вили продукт, просто отвернуться. Что они, хихикая, и сделали.
Все было подогнано здорово.

А еще через пару дней я стоял с этой группой на сцене в придо-
рожном ресторане. Перед нами была толпа выпускниц медицинского техникума. И они танцевали под нашу музыку, в которой немного и скромно участвовал я.

И когда спустя четыре месяца я узнал, что меня перебрасывают
на другой объект, то вся группа собралась в этом подвале и мне
устроили отвальную. А уже в конце бас-гитарист вручил мне фото,
на котором была запечатлена вся эта рок-группа. А на обороте
было написано, Помни, чувак, ты с нами играл!

Я не знаю никого, кому бы рок-группа подарила на память фото-
графию с такой надписью. А это говорит о том, что как правы
были мои родители, отдавая меня в музшколу. Они мне хотели
добра. А игра на скрипке была необходимым условием.

1 — выдающиеся скрипачи мирового класса. Национальность? Да. Ученики знаменитого одесского педагога Столярского.

2- еврейская поминальная молитва.

Из джентльменского набора

Удар, удар... Ещё удар...
Опять удар — и вот...

"Песня о сентиментальном боксёре," В. Высоцкий.

-Шалико̀ Леванович! Шалико̀! Там к твоей жене пристают!

Наша тренировка уже заканчивалась. Полумёртвые в основном, а я- почти практически, мы лежали на полу зала в своём поту. Под жёстким взглядом нашего тренера Шалико мы пытались довести до конца последнее упражнение. После двухчасовой тренировки, когда уже не можешь прямо смотреть, Шалико̀ негромко говорил,

- А тэпэр- арыфмэтыку будэм дэлат!

А это означало, что, лёжа на спине мы должны были ногами написать в воздухе цифры от одного до пятидесяти. И обратно. И, не опуская ноги на пол, подписать под этим всем своё имя и фамилию. Шалико̀ стоял над нами и следил, чтобы имя было написано полностью, а не инициалы.

 Мы химичили на фамилиях. Он все фамилии помнить не мог. Поэтому и получалось, что в группе из двадцати пяти человек почти все выписывали ногами в воздухе такую фамилию, как, скажем,

Носов. Или Бык. Короче фамилия могла быть только у китайца. Наш тренер Шалико̀ Леванович,- обращаться к нему по имени могли или такие же мастера спорта по боксу, как он сам или друзья,- тренировки проводил очень нестандартно. Никакого бега, никаких размахиваний конечностями. Ничего скучного.

- Так, давай дэлыхь пополам!

На выхолощенном языке это означало,

- На первый-второй рассчитайся!

После этого мы играли в регби. Что такое регби - не знал никто. Кое-кто слыхал, что это где-то в Англии. Но наш тренер считал, что сбивание с ног, куча мала, борцовские захваты на бегу и падение с размаху на деревянный пол -это регби. И кто-то хочет спорить с мастером спорта по боксу во втором полусреднем весе? Мы не хотели. Поэтому мы носились по залу, орали, сшибались. Конечно, играть в регби мы не научились. Но зато как мы разогревались!

После этого уже начиналась сама тренировка. Подающие надежды были удостоены личного внимания Шалико̀. Он держал их на "лапах,"[1] очень скрупулёзно чистил их технику, начиная от самых простых элементов до сложных комбинаций.

Новичков, таких как я, он почему-то называл Столыпинами. И, судя по интонации, с маленькой буквы. Типичное обращение звучало как-то так,

-Слышь, столыпин! Да нэ ты! А вот тот столыпин! Тот, что на мэшке работает. Лэвую руку низко дэржыш! Ыды и три раунда двыгайся в стойке. Сам проверю.

Тренировки были интенсивные и результаты были налицо. Иногда результаты не сходили по две недели. Это те, что налицо.

А вот пятница, каждая, была особым днём. Это был день спаррингов. Из обычных двадцати пяти человек на день спарринга приходило где-то пятнадцать. Ибо, по определению, спарринг — это бой. Бой на ринге. И никаких защитных шлемов, кап[2], и прочих экстравагантностей. Все по-настоящему. Три раунда по три минуты, перерыв между раундами- минута.

Когда кто-то заметил Шалико̀, что, вообщем-то, без кап уже не принято на ринге, он вскипел. А когда он вскипал, что не было редкостью, то практически переходил на материнский язык. То есть- на грузинский. Мы его реакцию восприняли где-то так,

- Капу захотэл? Ты бэз капи ужэ все умэеш? Так я тэбе обьясняю, а ви, остальной, слушайтэ!

 Вот ты ыдёш вечером с красывый дэвушка. И она бландын. Ноч, ни одын фонарь не горыт. Никаго нэт совсем.

 И тут к тебе подходыт восэм чэловэк. И гаварят они, Дай, дарагой, закурыт!

 А ты гаварыш, Ызвыны, дарагой, но я спортсмэн и нэ курю.

 А они, всэ восэм, сразу гаварят, Слюшай, какой красывый девушка у тэбя!

 А ты им, Спасыбо, дарагой!

А они тэбе, все восэм, гаварят, Ты, дарагой, спортсмэн, зачэм тэбе такой красавыца? Ты же не курыш.

 А ты им, Спасыбо, но ми уже уходым.

 А они, всэ восэм сразу, не дают тэбе уйти и хатят забрат бландын с собой.

 А ты им гаварыш, Ызвыны, дарагой, я бы тебе за это зубы вы-был прямо сэйчас, но, панимаеш, капи нет. Ызвыны, нэ успел за-казат. Давай в другой раз!

 И что твой дэвушка делает? Плюнет тэбэ под ноги и уйдет савсем адын в ноч. Вот ты такое хочешь??

Никто этого не хотел. И капы пролетели мимо нас.

Позже мы узнали, что нечто похожее случилось с самим Шалико̀. Внешне он был немного ниже среднего роста, крепкий, но не квадратный. Короткая стрижка, приятная улыбка и острый, мгно-венно- оценивающий взгляд. Какого лешего он решил прогуляться в зимнем городском парке где-то около полуночи- непонятно. Да еще и в новой дублёнке.

Как и должно было случиться, к нему подошли трое. И, не поздо-ровавшись, просто сказали: Снимай! Трое остались на снегу. Го-ворят, до утра. Какой-то пенсионер гулял в пять утра с собакой и наткнулся на них. А Шалико̀ за находчивость и смелость стал кан-дидатом в мастера спорта по боксу. До этой встречи он был ма-стером спорта.

К нему в группу записывались многие. Он никого не отбраковы-вал. Это происходило автоматически после первого спарринга.

Если снова пришёл на тренировку с полу заплывшим глазом и слегка сдвинутой на сторону нижней челюстью — значит, прошёл тест и с тобой будут заниматься.

Он никогда не ставил новичка против новичка. Твоим спарринг-партнёром всегда был более опытный. Результат такого боя был предсказуем.

Когда пришёл мой час, я не знал еще, что моим противником будет разрядник. Я забинтовал кисти, Шаликὸ лично одел мне перчатки и зашнуровал их. Хотелось, чтобы рядом был фотограф, ибо я, даже без зеркала, себе нравился. Пока еще.

В первом раунде я , как зайчик, попрыгал по рингу. Мой опытный соперник присматривался ко мне и явно решал дилемму: уложить меня прямо сейчас или немного подождать. Ведь я его еще никак не обидел.

Случай представился во втором раунде. Обнаглев от безнаказанности, я, подражая знаменитому боксёру Владимиру Енгибаряну, вообще опустил руки. И тут, во время одного из манёвров, я заметил, что около ринга сидит очень симпатичная девчонка. Светленькая, зеленоглазая (это я сумел рассмотреть), в коротенькой юбочке и, вроде бы, в сапожках. На рассматривание сапожек времени не осталось, так как я получил такой удар в левую скулу, что сразу увидел праотца Авраама и всех его овец.

 Иди знай, что эта симпатичная девчонка была подружкой моего соперника на ринге. Он специально пригласил её на наш спарринг, поскольку не сомневался в лёгкой добыче.

То состояние, в котором я оказался, характеризуется термином грогги[3]. Никаких особых чувств я не испытывал, кроме странного желания улечься спать вот прямо здесь, на ринге. И прямо сейчас. Я слыхал, как Шалико̀, чуть ли не в лицо мне, кричал,

-Руки подними! Руки!

А мой противник делал все возможное, чтобы я, наконец, поднял висящие верёвками руки. Он слегка подбивал мои перчатки вверх, чтобы я закрыл то, что сорок секунд назад называлось моим лицом.

Я дотянул до перерыва, потом еще походил по рингу в третьем раунде, даже не пытаясь имитировать боксёрскую стойку.

В голове еще пару дней стучали маленькие молоточки. И сразу во всех местах. В течение недели я использовал только междометия, так как на слова моя ротовая полость еще не была способна. Но на тренировку я пришёл.   И, судя по тому, что Шалико̀ немножко погонял меня на «лапах,» он что-то увидел во мне положительное.

Каждая следующая тренировка не походила на предыдущую. Шалико̀ все время что-то добавлял, убавлял, изменял. Например, половину одной тренировки он превратил в просматривание документальных фильмов. И каких! Это были бои Джо Луиса, Рокки Марчиано, Жоржа Карпантье.[4]

 Где он их доставал- невозможно даже представить. Ибо фильмы были не дублированные. И это тогда, когда музыку Битлз можно было послушать только после 23–00, и, в основном, через Би-Би-Си. И только тем, у кого в радиоприёмнике были короткие волны в диапазоне 11–16 метров.

И мы не просто таращились в экран. Он периодически останавливал просмотр и акцентировал наше внимание на том, что считал важным. А, ну да, кинопроектор он приносил вместе со складным экраном из дома.

Другими словами, скучно не было. Так и сегодня. Под завязку тренировки вдруг врывается пацан, и игнорируя хорошо озвученное правило, Без стука-получишь в ухА, сообщает на фальцете, что к жене Шалико̀ пристают.

Я знал жену Шалико̀. Она работала медсестрой в нашей школе. Очень симпатичная, улыбчивая, немногословная. Где-то под баскетбольный рост. Ещё не знаю случая, чтобы желающие на вакцинацию против гриппа становились по второму разу в очередь в медкабинет. Ведь сама Света делает прививки!

Хотя для прививки достаточно лишь подвернуть рукав, некоторые снимали рубашки. Это чтобы после прививки выйти из кабинета в одной майке, немедленно сыграть удивление из-за отсутствия рубашки и снова попроситься в медкабинет. Света все это понимала, не высказывала никакого раздражения, слегка улыбалась, чем еще больше располагала к себе.

Услыхав новость Шалико̀, как был в спортивном костюме, выскочил на улицу. Был февраль. Школа была рядом. Толпа прихлебателей в виде всех нас рванула за ним. И это я увидел: Света слегка растерянная, стояла около школы, Рядом с ней-трое парней её роста. Они никак ей не угрожали. Просто пытались разговорить симпатичную девушку. Несколько навязчиво. Ну, и не совсем давали ей уйти.

Не снижая скорость Шаликò подскочил, громко сказал Свете,

- Дома пагаварым!

И подпрыгнув, уложил первого претендента задом в сугроб. Едва коснувшись земли, Шаликò повторил свои прыжки еще два раза. Трое парней аккуратно лежали в одном и том же сугробе. Света стояла, закрыв варежкой рот и, по-моему, слегка ошалевшая от быстроты расправы.

Повернувшись к нам, Шаликò сказал,

-Трэныровка нэ окончена. Трыдцать раз на пальцах отжаться. Всэм.

Пришлось ли мне применить на практике те навыки, которые я получил в том тренировочном зале? Нет. Ну, это не совсем правда. Например, я твёрдо усвоил, что симпатичная и зеленоглазая — это всегда чья-то подружка. И даже если не зеленоглазая.

 А когда еще узнал, что Англия — это родина бокса, то дошёл ещё до одной истины. А именно: если родился посреди родового поместья, с детства говоришь по-английски, у тебя есть свой камердинер и ты без напоминания моешь руки после туалета- то ты еще не джентльмен.

 А вот когда на хамство отвечаешь не тирадами в интернете, а прямым, коротким в подбородок- тогда есть шанс стать джентльменом. Ибо это умение ответить коротко и убедительно не требует знаний языка и обычаев. И это умение – только один предмет из джентльменского набора. И это очень хорошо продемонстрировал наш тренер, Шаликò Леванович. Или просто, Шаликò.

1-Боксерские лапы представляют собой специальное тренировочное снаряжение, на котором проводится отработка атакующих и защитных техник в процессе подготовки спортсмена.

2-специально изготовленная «накладка» на верхнюю челюсть спортсмена, которая защищает зубы и оберегает губы и щеки во время удара. Боксёр не допускается к бою, если у него отсутствует боксёрская капа.

3-одномоментное ухудшение состояния находящегося на ногах боксёра после получения им удара в подбородок. Происходит из-за сотрясения ушного лабиринта .

4.- легенды профессионального бокса.

Шаликò -грузинское имя (уменьшительно-ласкательная форма имени Шалва - "спокойный, мирный".

Подражание

Я всегда мечтал стать стрелочником. Это тот, кто самый главный на железной дороге. **Всегда**- означает с четырёх лет до семи лет и восьми месяцев. В семь лет и восемь месяцев я влюбился в нашу учительницу. Не наоборот, как сейчас происходит.

 Дело дошло до того, что на каком-то школьном празднике я пытался танцевать гопак, когда она плыла вокруг меня, кокетливо размахивая платочком. Все кончилось, когда я получил за четверть три с минусом за контрольную по арифметике.

Желание стать стрелочником было очень сильным. Вокзал был недалеко от нашего дома, и я видел, что вот тот, что в красной фуражке с какой-то палкой в руке- вообще никто. Ну, начальник станции, и что? Стоит, как пингвин. Вот и вся работа.

 А стрелочник- повернул рычаг, перевёл стрелку- и поезд пошёл, скажем, к морю. А не захочет повернуть рычаг- и поезд въедет или в дом или прямиком на свалку металлолома.

 И домик у стрелочника маленький, аккуратный. Рядом садик-огородик небольшой. И, что самое главное, стоит рядом с рельсами. И пахнет все вокруг так вкусно! Пахнет железной дорогой и паровозами! А не как наш, скажем, дом напротив базара с тюрьмой.

Так как игрушечной железной дороги ни у меня и ни у кого тогда не было, то я периодически просил родителей пройтись со мной вдоль полотна железной дороги.

 Как только я видел первую стрелку- я останавливался и смотрел на неё так, как, наверное, смотрят на иконы Андрея Рублёва. Конечно, никто мне не позволял касаться рычагов, но я себя точно видел в роли Главного Стрелочника.

Лётчиком я быть не хотел. Моряком- тоже нет. Начитавшись соответствующей литературы, хотел быть овчаркой *Ингусом.* Помогать пограничнику Карацупе ловить американских шпионов. Но, вообще, карьера военного меня не занимала.

Но тут наступило время научной фантастики. И герои, которым я всегда хотел и, в какой-то мере, продолжаю подражать — это член Пушечного Клуба, профессор Дж. Т. Мастон из романа «Вверх дном,» доктор Клоубони из «Путешествие капитана Гаттераса,» и инженер Сайрус Смит из «Таинственного острова.»

 Естественно, я мало что понимал в том, что они делали. Но меня привлекало то, что они, скажем так, делали все *вопреки.* Какая прекрасная идея- выровнять земную ось! А я и понятия не имел, что она гнутая! Или сделать увеличительное стекло из куска льда. И я начал им подражать.

До земной оси добираться далеко. А к десяти вечера надо было быть дома. Но, по крайней мере, я мог сделать свой стол, как у профессора математики, члена Пушечного Клуба Дж. Т. Мастона. Что я и сделал: вывалил на стол все учебники, некоторые раскрыл на где-угодно, раскидал по всему столу раскрытые тетради, пару поломанных карандашей.

Уже ничего, но надо было лучше.

В комнате стояла большая чертёжная доска отца. Я подтащил её ближе к своему столику и налепил на неё с десяток листов, которые вырвал из таблицы логарифмов. Для экстравагантности добавил учебник по гинекологии для медицинских вузов. На счастье, на моё счастье, я его не раскрывал.

Критически оглядев мизансцену и еще раз припомнив роман, я взял несколько нераскрытых конвертов с обеденного стола, скомкал их, и раскидал вокруг своего. Все стало еще лучше. Для полного счастья не хватало телефона. Но это в наших условиях уже была бы чистая фантастика.

Конечно, ни о каких уроках вообще не было речи. Где? На чем? И как?

Фотоаппарата у меня не было еще восемь лет, так что все осталось в памяти. Но очень ненадолго. Ибо реальность мгновенно закончилась с приходом матери.

Будучи участковым врачом-педиатром в частном, полу-криминальном секторе она видела уже все,

-Так, ничего не трогай! Вот скоро твой отец придёт с работы. Пусть полюбуется!

-Ма, так это как у профессора математики...

-Что, учебник по гинекологии на главном месте? Таблицы умножения ему уже мало? Не все там увидел?

-Так Жюль Верн написал…

- Он, что, написал, что счёт за свет надо смять в комок и кинуть под стол? Вот пусть твой отец с этим разбирается. С меня хватит вот этой молодой дуры, которая трёхлетнему ребёнку на гланды клала лёд, чтобы ангину вылечить!…О, господи! Так она мне тоже самое-мол, у Жюль Верна так написано!

— Вот видишь, ма, все слушаются Жюль Верна! А можно мне во двор погу…?

-Вот, просто интересно: тот дурак, что посоветовал учить детей читать, сам детей имел? Ладно, скоро обед будет. И никакого *гулять во дворе*! Садись вот здесь, за большой стол, и начинай делать уроки!

Ну, можно в таких условиях выправлять земную ось? Вопрос риторический.

Научной фантастики становилось все больше, но первоначальный список героев, кому я хотел подражать, не менялся. Мне не нравились фанатики, типа капитана Немо. Или, в чем-то одержимые, как капитан Гаттерас.

 А вот кем бы я действительно хотел быть, так это как инженер Сайрус Смит. В моем понимании тогда, впрочем, и сейчас тоже, это квинтэссенция всего лучшего, что может быть в человеке.

Подражание инженеру, даже если это Сайрус Смит, в школе никакого эффекта не имело. Особенно, в старших классах. Поскольку до главного девичьего кумира тех лет, Жана Маре, я не дотягивал где-то полметра в высоту и в окружности бицепса еще сантиметров десять, то шансов не было.

И я уже не говорю о разрезе глаз, причёске, походке, элегантности, форме носа, умении фехтовать и разбить морду, стройности ног, подтянутой талии, — это так, если в общем. Надо было искать для подражание что-нибудь другое. Но не просто другое, а чтобы ей, той самой, понравилось.

А что ей может понравиться, если на обложке учебника по химии у неё наклеено фото Жерара Филипа? Это вот того, из «Фанфан-Тюльпана.» Тем более нет шансов!

Ну, что с того, что мне нравился французский комик Фернандель? Я хорошо помнил фразу, которую произнёс его будущий тесть,

- Скажи своему жениху, чтобы он наконец перестал улыбаться! Я хочу, в конце концов, увидеть его лицо!

Перебирая все возможные варианты, я пришёл к выводу, что мне очень подойдёт к лицу ряса монаха-бенедиктинца. Да, подойдёт, но в школу не пустят. И она фыркнет.

Оставался запасной вариант- быть самим собой. Оказалось, что это не самое плохое решение.

Во-первых, Жан Маре - один, а молодых девчонок много. Во-вторых - он к нам не собирался. И в-третьих, и это главное, - его же одного никуда нельзя выпустить! Расхватают!

Значит, надо довольствоваться местным рынком. Такие, как я, и составляли местный рынок. Местный рынок- это все наличное мужское население моложе двадцати четырёх лет. Всех, кто старше- наши одноклассницы называли **реликтами.**

Ущемлённое самолюбие местного рынка попытался выразить один из моих знакомых в разговоре под каштанами со своей избранницей,

- Да что ты с этим Жан Маре? Что Жан Маре? Какой, к чертям, здесь Жан Маре? Он там на Елисеях с Милен Демонжо и Бриджит Бардо кайфует! И ты туда же!? Окстись, перекрестись, и опохмелись!

Результат? Более полугода торчал под забором после школы в одиночестве. Ибо все женское население школы узнало о его мнении через сорок минут после разговора.

За шесть лет в институте времени на поиски объекта подражания не было. Их место заняла теоретическая механика, газодинамика, и уборка территории.

Желание подражать у меня вдруг прорезалось в это стране. И нет, не в общении с коллегами по работе или в очереди в DMV. Отнюдь.

  После просмотра ряда вестернов я начал ходить прямее, при разговоре слегка прищуривался, за неимением сигары жевал свою нижнюю губу, и старался отвечать односложно. Мои коллеги восприняли это однозначно,

- Если ты пытаешься подражать Клинту Иствуду, то ты не на лошади. Это уже не говоря о всем остальном.

- Если же ты пытаешься подражать Чарлзу Бронсону- то у тебя нет губной гармошки. Это уже не говоря о всем остальном.

- Но если ты пытаешься подражать Гарри Куперу, то почти получается. Я имею в виду, как у одного из врагов Гарри Купера.

А в принципе, они были правы. Мне нравилось вот эта сдержанность, уверенность, безразличие к последствиям, деление всего на черное и белое, мимика- вот все то, что дают нам вестерны.

Иногда, после особенно изматывающей смены, когда мои инженерные знания не помогли решить очередную проблему, я приходил домой в подавленном состоянии. Есть мне не хотелось. И сон не шёл.

Я садился у окна и думал, а почему я не стал стрелочником на железной дороге?

И домик у стрелочника маленький, аккуратный. Рядом садик-огородик небольшой. И, что самое главное, стоит рядом с рельсами. И пахнет все вокруг так вкусно! Пахнет железной дорогой и паровозами! А не чем-то непонятно- сладким, как из соседней квартиры…

А потом смотрю уже в который раз «Once Upon a Time in the West.»

И проходит подавленное состояние. И я начинаю думать, а как же решить вот ту самую техническую проблему. И спокойно засыпаю, потому что знаю, что никому уже не подражаю. А снова становлюсь самим собой.

Оглушающее

Это был один из тех редких случаев, когда меня не называли дес-потом и не начинали вслух перечислять все мои ошибки. Да, ошибки были маленькие. Это признавалось. Но зато их было очень много. Это утверждалось. Ну, около пяти раз в день.

 Все мои ошибки замечал, отмечал, складировал, учитывал, и, главное, не давал мне забыть - мой младший. Старший был выше этого. Он просто и эффективно экранировался. В смысле, за экраном компьютера.

Что делало этот случай ещё более редким - моё предложение было выслушано благосклонно. И вообще, что немыслимо, меня торопили.

Когда я накануне предложил своим детям,

-Завтра суббота. Я предлагаю вместо того, чтобы сидеть уткнувшись в экран, как зомб..

- Начинается! Ну, пап, тебе еще не надоело? Каждый уикенд - одно и тоже.

-Но я же еще даже не сказал куда!

Тут включается второй,

- Куда?? Опять- на океан! На свежий воздух. Или по горам лазить! Если бы ты, папа, не наделал столько маленьких ошибок...!

- Вы же не даёте мне сказать! Я предлагаю поехать в одну из самых известных обсерваторий в мире. Там же...

Меня мгновенно перебивают. Я не жалуюсь, ибо всю жизнь делаю то же самое,

- Слышь, это та, с которой *Star Trek* какие-то эпизоды брал! Интересно! Там может еще что-то осталось!

Чтоб меня убили, даже не представляю, что общего у этой обсерватории с мировым именем и снятым в павильоне с фанерными декорациями культовым сериалом.

Насколько я помню, это был первый и последний раз, когда мои дети сидели в машине и все время жали на гудок, чтобы я быстрее собирался.

Добираться туда надо часа три. И я не мог поверить своим ушам: в машине было тихо, и никто не жаловался на жизнь и на меня. Наоборот, периодические восклицания, типа, Смотри, какая гора красивая! заставляли меня оборачиваться. Надо же было убедиться, что моих детей не подменили. То же самое периодически делала моя жена.

Дорога пошла вгору. И серпантином. Мы ехали через лес и по-следнее, что можно было ожидать, так это огромный купол обсер-ватории. Одна большая и рядом несколько поменьше.

Спустя годы старшее дите предложило мне пройти пешком от visitor center до обсерватории Мауна-Кеа. Это где-то шесть миль в один конец и вгору на 4.5 километра высоты. Я думаю, что это было что-то в виде благодарности за предыдущий, годы назад, ви-зит. У детей очень хорошая память. На все.

Мы приехали, когда еще было светло. Конечно, мы не собирались смотреть в главный телескоп. Просто посмотреть, а как оно внутри. Но, оказалось, что сегодня для посетителей все закрыто.

 Мы прошлись по территории, посмотрели снаружи на все это ве-ликолепие. Я выслушал претензии по поводу авантюризма всей поездки. К моим маленьким ошибкам младший добавил еще одну. Уже собирались уезжать, когда к нам подошёл, вероятно, сотруд-ник. А может и охранник,

- Сожалею, но сегодня все закрыто для туристов. Я имею в виду, экскурсия внутри обсерватории. У нас сейчас работа идёт. А так можете просто походить по территории.

-Да, спасибо. Уже походили. Детям хотел показать, как там внутри. Ну, ладно, в другой раз.

- А вы издалека приехали?

Я этот вопрос за эти несколько лет, что в стране, слыхал пару ты-сяч раз. И ровно столько же раз отвечал. И одно и тоже. Поэтому, починяясь рефлексу, ответил,

- Мы из Советского Союза. И были в отказе десять лет.

Лицо собеседника выразило тихое изумление,

- Прямо оттуда?

Один из моих детей только начал,

-Да нет, мы же из…!- как я его перебил (семейная привычка),

- Ну-у, в общем-то, да.

И где я солгал?

Результат? Мы получили персональный тур, который провёл этот сотрудник обсерватории. Вообще то он был астрофизиком из Caltech и проводил какие-то исследования. Но нам он показал все внутри главного купола. По просьбе детей даже закрыл и снова приоткрыл створки большого купола обсерватории.

 Мы узнали очень много интересных деталей, например, как изго-товлялось пятиметровое зеркало для этого телескопа. Ну так, для примера, охлаждение зеркала после изготовления продолжалось одиннадцать месяцев. И где-то температура падала не более двух градусов в день. А на шлифовку и доводку окончательную ушло более десяти лет.

На обратном пути в машине было много разговоров об уникально-сти этого телескопа, который до 1975 года был самым большим в мире. Я имею в виду, такого типа. Безусловно, все впечатляло. И размеры, и конструкция, и возможности. Но я чувствовал, что это часть чего-то. Даже не мог определить, а часть чего.

Но, по большому счету, поездка удалась. Во-первых, нашей семье был дан персональный тур не каким-то гидом домашнего разлива, а самым настоящим астрофизиком. Из Caltech, а не из школы молодых аграриев. И это, во-вторых, и в-третьих. А в- четвертых, я себя вёл почти нормально. Это по классификации младшего. А это- не просто так. Такую квалификацию от него надо заслужить!

Я уже сталкивался с плодами симбиоза технологии и идеи. Помню, какое впечатление на меня произвёл Kennedy Space Center на мысе Канаверал. Все, что видишь на экране — это, конечно же, здорово.

Но вот стоишь перед лежащей на грандиозной платформе просто чудовищных размеров ракетой. Потом смотришь на эти колеса размером в человеческий рост. И на самом пятачке этой ракеты- малюсенькая капсулка. Это для людей. И сделано вот такими же, маленькими, как из той капсулы, людьми.

А потом идёшь к пусковой площадке 39Б, с которой в свой последний рейс в январе 1986 года отправился Challenger. Все это действительно впечатляло и не оставляло равнодушным. Но, опять-таки, я чувствовал, что это только часть чего-то. Малюсенькая часть. Но чего?

Потом в Johnson Space Center, где испытывают ракетные двигатели. Те же эмоции. И тот же вопрос.

Здравый смысл и начальное образование утверждают, что обсерватории должны строиться в местах, где нет постороннего света. Другими словами, чем темнее- тем лучше. Ну, я так тоже считал, пока не стал свидетелем прямо противоположного.

Университет, который неподалёку от нашего дома, построил для себя обсерваторию. По слухам, самую современную. И в достаточно тёмном месте неподалёку от университетского кампуса. Все хорошо. А теперь риторический вопрос: а что надо было выпить и сколько, чтобы совсем рядом с обсерваторией выстроить футбольный стадион?

 Стадион, как известно, работает и вечером. Все вокруг залито огнями, как на киносъёмке. Вскоре вокруг стадиона стали появляться не самые дешёвые студенческие общежития. Известно, что студенческие общежития, как, скажем, и Нью-Йорк, никогда не спят. По крайней мере, свет там не выключается.

Конечно, если из телескопа в этой обсерватории наблюдают студенческую личную жизнь через окна, то тогда все понятно. А иначе- только для посвящённых.

За темнотой едут в пустыню. И за тишиной- туда же. Я обычно ехал за вторым. Но часто сталкивался и с первым. Несложно найти тёмное место. Нет проблем найти и место потемнее. Но заехать туда, что считается одним из самых темных мест в стране — это надо постараться. Я этого не хотел, но, как всегда, сбился с дороги, и заехал в этот уникальный мир.

 Сказать, что там темно — это просто промолчать. Так темно вообще наверное не бывает. Но там было. Но, что действительно меня удивило, так это куча машин, группа, немаленькая, людей. И все с телескопами. Самыми разными. И все телескопы направлены в какое-то белое одеяло. И только присмотревшись, я вдруг понимаю, что это одеяло- небо над головой.

Там нет звёзд, как таковых. Там немыслимое количество света от миллиардов галактик. Никогда в городских условиях этого не увидишь. Так, десяток звёздочек, иногда может и сотня. Кто там считал? Но здесь тоже никто не считал, ибо невозможно это.

Но почему же это одеяло? А не, скажем, полотно. Или простыня. А потому, что оно, вот это ТО, что представляет из себя сейчас небо, пушистое от триллионов источников света. И нет облаков. Совсем. И такие условия- почти весь год.

Правда, не всегда люди с телескопами смотрят в небо. Раз проезжал и притормозил перед большой группой людей с телескопами и биноклями, которые стояли у закрытых ворот секретной военной базы с недвусмысленной надписью, **Warning! Beyond this point deadly force is authorized.**

 Оказывается, это ворота в знаменитую Area 51. Ну, это там, где правительство прячет маленьких человечков с большими грустными глазами и без ротовой полости. Другими словами, пилотов НЛО.

Тоже, своего рода, интерес к межзвёздному.

Когда-то мне удалось послушать симфонию «Музыка Сфер,» Руда Ланггора. Вот что-то подобное начинаешь ощущать, когда понимаешь, что такие понятия, как *бесконечность, неизмеримость* — это просто попытки выразить вот это То, что видишь в небе. То, что объяснить невозможно.

Нельзя сказать, что это впечатляет. Или завораживает. Или подавляет.

Впечатлить может подъём на К-2. Это если смотришь со стороны.

 Завораживает, скажем, глаза оленёнка, который смотрит на тебя с расстояния в полтора метра.

 Подавляет дальнейшая Айфонизация населения.

И до меня вдруг начало доходить, почему я считал, что увиденное мною что в обсерватории, что в космических центрах это только маленькая часть чего-то.

 Впервые увидел не звёздное небо в телескоп. И не звёздное небо в планетарии. А увидел я Необозримое, абсолютно, даже теоретически, недостижимое, никаким образом не соответствующее нашей логике. Оно создаёт свои законы и живёт по этим законам. Оно само эти законы упраздняет и переходит в новое, ни в какие ворота не лезущее, состояние. И это происходит постоянно.

А мы, как маленький ребёнок на берегу океана. Подбираем камешки. Роем в песке ямку. Бросаем мяч в воду и радуемся, когда его волны выкидывают на берег. А ведь могли бы и унести.

 Намного раньше и намного лучше об этом сказал Исаак Ньютон, *«Я смотрю на себя, как на ребёнка, который, играя на морском берегу, нашёл несколько камешков поглаже и раковин попестрее, чем удавалось другим, в то время как неизмеримый океан истины расстилался перед моим взором неисследованным.»*

И почему-то мне не хотелось представлять, что люди могут проникнуть в глубь этого Неизмеримого. Как-то становится не по себе, если заворачиваешь, скажем, в созвездие Козерога, а там на пол-неба светло от *Walmart- Big discount on everything. And daily!*

И не хочу, чтобы... *на Марсе яблони цвели!* Потому, что вскоре рядом появится ларёк, в котором будут продаваться плодово-ягодные вина. И на разлив. Иначе быть не может. Раз мы есть человек, то ничто человеческое нам не чуждо.

Да- изучать! Да- исследовать! Но на расстоянии. Руками не трогать!

Нам всем нужны идеалы. Если бы, скажем, *Мадонна Литта*, работы Леонардо, вдруг начала работать в DMV – долго бы она шедевром не оставалась И не важно, как она выглядела в жизни. Есть идеал. Это то, к чему стоит стремиться. Прекрасно понимая, что это-как линия горизонта.

И уже подъезжая к дому после интересной экскурсии в обсерваторию, я вдруг услыхал от пацанов с заднего сидения,

— Вот, как в *Star Trek*, все правильно - прилетел, посмотрел, плохих монстров убил, с хорошими-подружился. И дальше полетел. То, что надо!

Они сумели выразить в двух предложениях то, о чем думал и я.

И только через несколько дней я смог найти нужное слово для ощущения, когда видишь эти миллиарды сияющих галактик. Это ощущение- оглушающее.

Заграница

Это была очень удобная заграница. Во-первых, туда не требовалась виза. Во-вторых, там не нужно было знание местного языка. И в-третьих, никаких проблем с валютой. Привози сколько хочешь, накупай сколько хочешь, и никаких проблем на таможне. А её и не было.

Существенный недостаток- политическое убежище там не предоставляли. Как и религиозного. И гражданства тоже. А во всём остальном- заграница. Другими словами- всё не так, как у нас.

Недаром говорят, что вокзал- лицо города. Я убедился в этом, когда выйдя из здания вокзала в этом городе увидел, что площадь моют водой с мылом. И не из авто-поливалки. Человек со шваброй и ведром делал всё это. Это называется мыть лицо. Что еще удивительнее- не крали багаж и цыгане не продавали футболки с обликом Элвиса Пресли.

В такси я почти расплакался, когда таксист вернул мне сдачу. Надвинув себе на физиономию образ графа Монте-Кристо, я протянул таксисту большую часть сдачи,

— Это вам!

Таксист, не оборачиваясь, и только глядя в зеркальце заднего вида, что-то произнёс на местном. Смысл я не понял, но интонацию уловил. Что-то типа, Выметайся быстрее!

Бывшая коллега, которая жила в этом городе, предложила мне одну комнату в её трёхкомнатной квартире на одну ночь. У меня в этом городе была пересадка. Но когда я, наконец, нашёл дом, то там вдруг нарисовался её бойфренд. Ну, зачем бойфренд в трёхкомнатной квартире? И именно сегодня?

Ведь, как поётся в фильме «О бедном гусаре замолвите слово», «...Скромнее меня не найти из полка...» Но будучи по рождению, а не воспитанию, джентльменом, я гордо удалился на вокзал. В гостинице места не нашлось.

 Вокзал был холодный, очень светлый, и совершенно не пригодный для спанья на скамейке. И скамейки тоже неправильные- спинка почти под прямым углом к сидению. Анемичный буфет с почти здоровой пищей. Отполированный до блеска туалет. С рулонами нужной бумаги, а не с разодранным в шмат журналом «Сельская самодеятельность.» Это один на весь туалет. Заграничный вокзал, чего ждать?

То ли дело - вокзал в родном городе! Людный, шумный, где темно, а где и светло. На скамейках идёт жизнь. Одни спят, другие торгуют, третьи воруют, четвертые едят, а пятые флиртуют. Всё время чего-то громко объявляют. Ресторан предлагает еду и напитки, вернее, выпивку. Термин **здоровая еда** вообще отсутствует. Это же вокзал, не санаторий!

Туалет нормальный. Всё сделано так, чтобы не засиживался. Сделал? Уступи место! Ты не один!

 Если очень надо, то можно найти и спутницу. Если не жизни, то на час- вполне вероятно. И не спутницу, а попутчицу.

 Вообщем, нормальный живой организм наш вокзал. В нем есть всё. В том числе и парикмахерская. И даже продажа билетов.

Я это вспомнил, ёрзая на холодной скамейке в заграничном вок- зале. Моя электричка уходила утром, так что у меня было много времени на просто сидеть. Спать? Не получалось.

Я решил сделать доброе дело и сообщить домой, что всё в по- рядке. Зашёл на переговорный пункт и заказал разговор. Надо ждать? Хорошо, всё равно до утра далеко, а спать негде.

 В ожидании звонка сел у одного из столов в полупустом зале. Как убить время? Вспомнил прекрасную игру, это еще со студенческих лет, когда не то, что пару часов, а пару дней можно не заметить. Игра называлась <u>Коробок</u>.

Аксессуары-спичечный коробок. Не пустой, конечно. Высокий смысл заключался в том, что кладёшь коробок на край стола и щелчком заставляешь его подпрыгнуть. То есть, коробок может упасть на одну из своих шести граней. Верх искусства-когда он становится вертикально. В эту игру может играть как целый бата- льон, так и один человек.

Вот я и начал играть в <u>коробок</u>. Тихо сам с собою. Это я так ду- мал. Минут через пятнадцать один из ожидавших звонка вдруг резко поднялся и подошёл ко мне. Он схватил коробок со стола и медленно, со значением, сжал его в кулаке. Очень близко к моим глазам. Затем также медленно и со значением положил на стол передо мной ошмётки от того, что было коробком.

Потом пригнувшись, а он, как и многие в этой загранице был выше среднего роста, сказал,

-У себя, куклёнок, делай это. Не здесь. Усвоил?

Сказал негромко, но хорошо слышно. С явным местным акцентом.

Следующие сорок минут до звонка я успокаивал себя тем, что им, в этой загранице, до нашей культуры ещё далеко и что Миклухо-Маклая тоже чуть не съели. А вот капитана Кука съели. Ну, не понимали важности его миссии. Но успокаивало не очень.

А местный борец за национальный престиж вернулся на своё место и продолжил ждать своего звонка. И я точно чувствовал, что его действия были молча одобрены всеми. Кроме меня.

Поездке в электричке я уже не удивлялся. Нет тебе ни песен на весь вагон, никто не выясняет отношения в тамбуре, дети не носятся с криками по всему вагону. А где знаменитые, так называемые «глухонемые,» которые проходят через весь состав и раскладывают дёшево-скопированную порнографию на каждом сидении? Другими словами, а сервис где?

А в этом небольшом городке, куда я приехал, чисто. И тихо. Через полчаса нашёл место в сарайчике, где уже обитало трое. И нет, **на троих** они не соображали каждый вечер.

 На моё удивление, наши разговоры вечером не сводились к бабам и проблемам на работе. Нет, они, мои соседи, не были выпускниками Гарварда или МИМО. Такие же средние, как и я. А вот разговор в основном был о романе Абрамова «Две зимы, три лета.» И о романе «Мёртвым не больно,» Василя Быкова. И двое из моих соседей были, вообще-то, местными.

Наша хозяйка, которая плохо понимала мою речь и часто переспрашивала, поначалу прислушивалась к нашим не очень тихим разговорам по вечерам. А потом начала принимать участие. Её участие переводил для меня один из местных. Равнодушных не было, хотя мнения очень разнились.

А с утра до вечера- пляж. Пустынный, пока еще, песчаный и продуваемый насквозь. Море очень прохладное и мелкое. Рано утром мало купающихся. Больше прогуливающихся.

Но прогуливаются они странно. Никто не смотрит на море, в небо, или просто так. Все смотрят себе под ноги. Собирают янтарь. Рано утром прилив выносит кусочки янтаря. Маленькие и не очень. Я тоже попал под это увлечение. И в один из дней нашёл нечто - кусок янтаря внутри которого навеки заключена муха. Вообщем, что-то доисторическое и с крылышками.

Но вообще-то к море выходят, чтобы поплавать. Это не просто. Надо идти от кромки прибоя в воде где-то по щиколотку может метров сто, пока, наконец, входишь в воду уже по плечи. За это время промерзаешь насквозь, так как там, в этих местах, тёплого ветра не бывает. И вот теперь вода уже кажется почти тёплой.

Плаваешь недолго, так как мысль о том, что надо выходить из воды те же сто метров не вдохновляет. Но, что совершенно точно, это купание очень бодрит.

Мне показали специальные деревянные рельсы, по котором во
времена царизма знатных дам и их спутников завозили в специаль-
ных каретах вот туда, подальше в море, где стояли специальные
переодевалки-купальни. А потом, после купания- на карете обратно. Но, конечно же, это не могло вот так бодрить, как если
идёшь в мокрых плавках под северным ветром сто метров к берегу.
А волны набегают сзади и пытаются тебя защитить от ветра. И
чтобы двигался быстрее!

Правда, один раз вот эта рутина несколько нарушилась.

 Утром, как обычно, заскочил в воду и судорожно поплыл, чтобы
быстрее согреться. И, в очередной раз, высунув голову из воды
увидел, что кто-то плывёт мне навстречу. Ну, хорошо, хоть не один.
Есть, кому пожаловаться на погоду. Пловец ближе. Вижу, что мужчина. А когда он уже почти впритык- а он мёртвый. Лицом вниз.

Я как заглотнул морской воды, так выплюнул её только на берегу.
В жизни так быстро я не плавал. Хотя, ну чего уже мёртвый сде-
лает.

А на берегу уже группа любопытных, и пару из милиции. Я уже хотел пуститься в объяснения, когда увидел, что лодка со спасате-
лями уже в том районе.

В домашнем сарайчике мне объяснили, что это криминал. Парень
хорошо проигрался в карты где-то у себя на родине. Вообщем, из
тех краёв, что и я. Удрал от карточных долгов сюда, заграницу. Ну,
его нашли. Мафия, кто же еще? Точно заграница! Как в кино.

Но в целом эти десять дней пролетели хорошо. Из стратегических
соображений я каждый день тащил с собой на пляж потрёпанную

копию журнала «Scientific American» и, уходя в 15-минутное полоскание в море, оставлял его раскрытым на своей подстилке. На родине нашёл его в мешке, который третьеклассники тащили на сдачу макулатуры. Реквизировал. Взамен отдал им четыре экземпляра «Медицинской газеты,» которые тут же купил в Союзпечати.

Я не знаю, чего ждал, но этого не случилось.

За эти десять дней я научился говорить на местном языке *Спасибо, Пожалуйста,* и, почему-то, *Мне нужно еще одно одеяло.* Комбинация из этих трех осколков языка производили странное впечатление на окружающих, особенно таксистов. Естественно, на родине мне бы точно, прямо и громко сказали кто я. И что я должен сделать с этими тремя фразами.

 Но местные- народ по-северному сдержанный. Что они думали- я не мог видеть по их лицам. Но то, что они думали обо мне- я видел точно.

Мне очень многое понравилось заграницей. Не все, конечно. Например, пиво со сметаной в мою вкусовую кладовку никак не войдёт. Что мне точно понравилось — это их нежелание подстраиваться. В частности, под нас. Они-другие. Они это знают. Они этим гордятся. И это вызывает у меня уважение.

И уже в поезде, на подъезде к родному вокзалу я вдруг подумал, а вот как бы было здорово, если бы эта заграница действительно была бы за границей. И чтобы нам требовались визы, и чтобы там была таможня.

 И, чёрт с ним, пусть даже был бы их светлый и холодный вокзал с анемичным буфетом. Он ведь так хорошо гармонирует с

прохладным пляжем и холодным морем. Может быть, только в
этом случае я бы не чувствовал себя настолько заграницей, как за
эти десять дней.

Везуха

Каждый народ по праву гордится своим языком. Малейшие нюансы и детали совершенно точно определяются уникальными терминами. Ну, например, в языке инуитов существует семьдесят названий для льда и около пятидесяти для снега.

 Язык, на котором я говорю с рождения, отличается особой гибкостью. Одно и то же явление, в зависимости от настроения рассказчика, может быть охарактеризовано совершенно разными словами. Часто от простой перестановки слов в предложении меняется смысл. Ну, например, *Увидимся в пять часов.* Все точно. А вот если поменять всего два слова местами, то получится, *Увидимся часов в пять.* Смысл уже другой. Таких примеров бесконечно много.

Получая начальное образование во дворе четырехэтажки, я нахватался терминов и понятий, которые, к сожалению, не мог использовать за обеденным столом. Были, конечно, и нейтральные, как я считал, выражения. Моя мать очень негативно реагировала на них. Поэтому я даже и не пытался демонстрировать за столом то, что выучил сегодня во дворе после школы.

Одним из слов, запавших в память почему-то было *везуха.* Все попытки моих родителей заставить меня использовать культурное слово *везение* ни к чему не привели. И не могли привести, ибо это слово сразу поднимала мой дворовой статус от шмакодявки[1] до одессита[2]. Причём, неважно, к месту или нет это слово было использовано.

Прошло время пока я понял, какая принципиальная разница между *везухой* и *везением*. Полное понимание наступило, когда я поехал в отпуск в Крым. И не один, а с четырёхлетним сыном. У кого повернётся язык назвать факт покупки билета в плацкартный вагон в день отъезда везением? Только у того, кто никогда этого не делал. Бесполезно пытаться описать то, что происходило у кассы. Да, и это в августе. В какой-то степени сцены Ходынки, блестяще отображённых В. Гиляровским в "Москве и москвичах," направляют воображение в правильное русло. Вымоченный своим и чужим потом, едешь отмываться к морю. Это везуха.

В городе у моря, где приезжих в одиннадцать раз больше, чем местных, находишь одно койко-место в кладовке для матрасов. Кладовка находится в пансионате для работников какой-то непонятной отрасли. За стеной молоденькая девушка древней профессии всю ночь громко обслуживает аж трех (это судя по крикам радости) пациентов. Звукоизоляция отсутствует и, поэтому, мой сын утром задаёт естественный вопрос,

-Пап, а чего тётя ночью громко плакала?

У меня хватает ума не входить в физиологические детали, и я спокойно отвечаю,

-Тётя плакала от радости.

Следует неизбежное,

- А почему всю ночь?

Чтобы остановить этот поток, я,

-Тётя из Уренгоя, там холодно и идут дожди, а здесь тёплое море- любой заплачет.

Четырёхлетний ребёнок был удовлетворён ответом. Но, конечно, я не ожидал у своего сына такой феноменальной памяти, ибо по дороге в туалет он громко спрашивал, завидя любую женщину,

-Эта тётя из Уренгоя?

В ответ смотрели очень нехорошо. Но не на него, а на меня. Но вот зато в туалете мы увидели самого Савелия Крамарова. Он мылся из-под крана холодной водой. Тело атлета, между прочим. Мой наблюдательный сын сразу,

-(громко) Пап, а чего этот дядя смотрит одним глазом в зеркало, а другим- на нас? А ты так можешь?

-(я, шёпотом) Этот дядя-очень известный актёр.

Следует совершенно гениальный вопрос,

-А он на всех так смотрит?

-Нет, только на тех, кто ему нравится!

Крамаров улыбнулся. Нам обоим. И сын отреагировал,

-Дядя хороший!

Я же про себя поблагодарил бога, что малой не вспомнил про Уренгой. Крамаров точно знал этот неприличный анекдот.

Вот это все я называю везухой.

Но если это везуха, то что тогда везение?

Везение, это, скажем, когда Элиза Дуллитл возвращается к профессору Хиггинсу. Или когда Герда спасает Кая от Снежной Королевы. К везению я бы отнёс и возможность эмигрировать после десяти лет жизни в отказе. И, естественно, ужин при свечах с Клаудией Кардинале лет пятьдесят тому. Это при условии, что я на этот вечер выгляжу как Чарльз Бронсон. И тоже пятьдесят лет тому. Это безусловно везение!

А вот здесь, на отдыхе, все, что ни происходит-это везуха. Сосиски в столовке не кончились- везуха. На пляже нашёл незанятый лежак- двойная везуха. Сумел разглядеть сына в полосе прибоя среди двух миллионов подобных- везуха.

Вечером идём по знаменитой набережной имени Его Имени. Одни идут туда, потом те же самые идут обратно. К нам подходит пожилая пара и на настоящем иностранном спрашивают,

-Excuse us, please, but do you speak English?

-Not really. Very basic one.

-You have a very cute son. He reminded us of our grandkid back in the States. Give him this. All kids like it.

-Thank you very much!

И они дали мне три пачки жвачки. Американской. А не той, что цыгане делали по подвалам. Надо помнить то время, чтобы оценить такой подарок. Джинсы Levi Strauss, жвачка, и диски "на костях"[3] с "Jailhouse Rock" Элвиса Пресли решали, в принципе, любые конфликты. Я имею в виду наличие одного из трех.

Не успел я положить заморские дары в карман как с близлежащей лавочки ко мне подплыла дородная белобрысая особь,

-Не думайте давать своему ребёнку это!

-А чего?

Следует прекрасный ответ,

-А они кладут туда бритвенные лезвия! Вас предупредили. Чтобы потом не плакались.

И она снова вернулась в своё воронье гнездо на скамейке.

Проходящая мимо девчонка, которая все это слыхала, фыркнула и, обращаясь ко мне,

- Здесь этих наблюдателей- как гальки на пляже.

Мы разговорились. Она работала гардеробщицей на пляже Интуриста. То есть, сидела в комнате на пляже, куда иностранцы сдавали свои вещи пока плескались в море.

-Хотите побывать на пляже Интуриста? Там чисто, людей немного, а море то же самое.

-Та куда же мне со свиным рылом в суконный ряд? Меня же на входе завернут.

-Пап, а ты разве свинья?

Понятно кто это спросил.

-Я вам дам пропуск на неделю. Больше не получится. А если на входе спросят, а где вы живете, то скажите, что в автокемпинге на *Поляне Сказок*. Там полно иностранцев.

Так мы попали на пляж гостиницы Интурист. Действительно тихо, никакой суеты, без скандалов из-за лежаков, не орут транзисторы, детей практически нет, да и море значительно чище. Девочка-гардеробщица, а звали её Марина, предупредила, чтобы особо на родном языке не болтали, так как "учёт и контроль" на каждом шагу. Но есть вещи, которые предугадать невозможно.

Неподалёку от нашего лежака была площадка, на которой стояли напольные шахматы, Каждая фигура-почти в мой рост. Судя по негромким *Ihr Umzug, bitte*[4], играли два немца. Мой сын подошёл, несколько минут впитывал увиденное, а потом громко, на языке страны-хозяйки,

-И я хочу играть!

Один из игроков, пожилой мужчина, начал вежливо отговаривать юного агрессора,

Подожди, малчик. Мы есть немножко доиграть а потом ти.

-Хочу сейчас!

Другой игрок, что-то сказал, и немцы продолжили игру. Но недолго. Юный агрессор пошёл прямо на игровую площадку и начал хватать шахматные фигуры, которые выше его , тащить их к ограде и сбрасывать в море.

Лишились слов три человека: два немца и я. К счастью, этот эпизод не закончился моей высылкой на поселение на Таймыр и разрывом дипотношений с ФРГ. Когда же я навестил Марину в её конторке и предложил посидеть на пляже на время её перерыва, то я

не учёл то, чего еще не знал. А не знал я, что самые большие эго-
исты на свете — это дети. Все для них. И без вариантов.

Ну, есть у тебя лопатка и ведёрко. Ты строишь крепость на берегу.
Папа тебе помогал. Ну почему не сделать папе хорошо хотя бы на
15 минут? Вот он, твой папа, в двадцати метрах от тебя, разговари-
вает с той симпатичной тётей, которая дала нам пропуски на
пляж.

 Нет, не бывает! Только ты начинаешь куртуазный разговор, как
буквально ниоткуда у тебя под ногами появляется твой сын и начинает рыть что-то похожее на окоп. Причём, выкопанный песок он
высыпает симпатичной тёте прямо под ноги. И при этом бормочет
что-то нелестное в твой адрес.

-Пойди поиграйся вон там, у воды.

-А я хочу здесь!!

А чтобы добавить социалистического реализма в слегка романти-
ческую сцену,

- Пап, я какать хочу! Можно здесь? Я потом все зарою. У меня
лопатка есть.

Но день еще не кончился. Я лежу вымотанный на лежаке и вспоминаю, а когда же мне на работу. Приятные воспоминания вдруг пре-
рывает очень громкий и возбуждённый шёпот,

-Пап, пап, пап! Смотри! Пап, смотри!

Я, утомлённо, ибо … на сегодня-хватит дуэлей!,

-На что смотреть?

-Пап, да посмотри!

-Куда?

-Посмотри, кто рядом с нами на лежаке!

-О, господи, ну кто?

-Пап, да это- сама недоучка-маг!

-Кто??

-Пап, да это сама тётя Алла Пугачёва!

Я приоткрыл утомлённые вежды, глянул вправо и таки да, на соседнем топчане загорала тётя Алла Пугачёва. Правда, она подняла волосы и надела огромные тёмные очки, но это точно была она.

-Пап, слышь, пап, можно я к ней подойду и скажу, Здрасьте?

-Нет, она отдыхает.

-Ну, я только скажу Здрасьте и все. Пап, так она же маг-недоучка! Помнишь, она хотела сделать козу, а получила грозу! Пап, ну, можно? Пап?

Этот прессинг продолжался еще несколько минут. Конечно, все было громко. И, конечно, тётя Алла все слыхала. Как, впрочем, и те, кто полоскались в море в пятидесяти метрах от берега.

-Ну, ладно, иди поздоровайся и это все. Понял? Не мешай ей отдыхать!

И вот он, мой сын, стоит в метре от меня и в полуметре от тёти Аллы. Он молчит и только громко шмыгает носом. Это продолжается несколько минут. Выдержать это сложно. Наконец тётя Алла слегка приспускает очки, смотрит на него и негромко спрашивает,

-Ну, что, малыш?

В ответ- громоподобное. Апчхи!!!

 Я краем глаза вижу, что тётя Алла улыбается, берет из рук моего сына детский спасательный круг, который он таскает на себе даже в столовой, достаёт из пляжной сумки фломастер и крупными бук-вами пишет на круге-***Будь здоров!*** Потом рисует сердечко и под-писывает, ***А. Пугачёва***.

Этот круг висел у нас дома на стене много лет. И вот это я назы-ваю-везуха!

1-Шмакодявка – презрительный дворовой термин, означающий полное ничто во всех отношениях.

2-Одессит- в нашем дворовом лексиконе это любой старше11 лет, кто не бежит домой к девяти вечера, кто может прицельно плеваться, и кто не бежит жало-ваться к маме, если накостыляли по шее. За дело или нет.

3-на костях- копии нелегальных звукозаписей на старых рентгеновских снимках.

4-Ihr Umzug, bitte- Ваш ход, пожалуйста (нем.)

Таланты и поклонники

Меню на ужин сегодня вечером не отличалось от меню на ужин месяц назад. Оно состояло из нескольких стаканов чая вприкуску с конфетами *Ромашка.* Иногда, чтобы себя побаловать, покупал конфеты *Ласточка.* Это помогало находиться в рамках бюджета.

 Бюджет- это 2 рубля 60 копеек в день. Узаконенный и научно-оправданный расход на питание для тех, кто в командировке. Эта сумма покрывала все расходы, связанные с полноценным и кало-рийно-сбалансированным питанием для работников на выезде.

 Для тех, кто продвигал социализм к развитой фазе в полярных районах, эта сумма достигала 3 рублей 50 копеек в день. Иногда говорят, что это же не зарплата. Чего, мол, с зарплаты не возь-мёшь? Правильно, зарплата для того, чтобы жить дома. Там она и остаётся.

Чайника не было, но был кипятильник, типа спирали на ручке. За сорок секунд вода в стакане уже бурлила. Если кипятильник пере-горал, то все равно проблемы не было.

 Бралось лезвие для безопасной бритвы, типа *Балтика,* разламы-валось пополам вдоль, и две половинки прикручивалось к спичке.

К этим обломкам присобачивался провод, который втыкался в розетку. Жидкость в стакане начинала бешено бурлить где-то через секунд пять.

   Конечно, немного смущало, что вода становилась какого-то коричневатого цвета, но это был крутой кипяток, в котором гибло все, что могло двигаться.

Другими словами, проблем с кипятком не было. И я уже готовился насладиться ужином, когда обнаружил, что конфет *Ромашка* почти не осталось. Было уже поздно, шёл дождь, да и магазин был уже закрыт. Пришлось обратиться к соседу по комнате.

Это был человек лет 40–75, который говорил мало, спрашивал еще меньше, и уходил на работу очень рано утром. Работал он на роскошной работе по ремонту дымовых труб. Это не те трубы, что на крышах жилых домов, а те, что где-то за сто двадцать метров высоты. Это, конечно, далеко до дымовой трубы в Экибастузе, которая где-то за четыреста метров, но все равно - не детсад.

В отличии от меня мой сосед потреблял эти конфеты не только на ужин, но и на завтрак. Я был уверен, что у него небольшой запас есть. Но сегодня вечером он, что было непривычно, не начал делать чай, а просто улёгся на своей кровати и уставился в потолок.

- Семеныч, извини, что отрываю. Конфет не займёшь?

- В куртке в левом кармане.

-Спасибо, завтра верну. А чего чай не пьёшь?

-Чаем это не запьёшь. А другого- не хочу.

И он мне кратко рассказал, что сегодня на его смене один сорвался с отметки в восемьдесят метров. Пролетел камешком до земли- а там пруты арматуры под заливку бетоном. Собирали его по ломтикам. Мне расхотелось ужинать тоже.

Но уже доказано, что лучший анестетик в мире — это работа. Заглушает все. И быстро. Лучше любого психотерапевта. Так тебе еще и платят за это!

После грохота машинного зала сразу идти домой не хочется. Дефилируешь по знакомым двум главным улицам этого шахтно-металлургического городка. Вообщем-то, ничего нового не ждёшь, но вот сегодня- ошибаешься. Несколько афиш в центре города приглашают на гастроли молодёжного театра. Но не у нас, а в соседнем городе. Соседний город значительно больше, но недалеко.

На выходной едешь в этот город и попадаешь на спектакль этого молодёжного театра. Спектакль смешной, актёры и актрисы очень молоды и все симпатичны. После спектакля я не ухожу, как остальные зрители. Я вдруг начинаю делать то, что никогда не мог даже представить. Я начинаю помогать этим молодым и симпатичным актёрам разбирать декорации, что-то носить, чего-то там укладывать.

 Сначала на меня смотрят так, как если бы я пришёл в театр красть шубы. Но, когда, надрываясь, как лошадь в каменоломнях, я дотащил до грузовика чудовищный моток кабеля- уже никто не сомневался, что я немного не в себе. Но не заразный.

Единственный, выглядевший как начальник, мужчина, действительно оказался начальником. Он сухо сказал мне, Спасибо, но руку не пожал. Правда, я и не протягивал свою.

Уставший, пыльный, и пропотевший, я возвращался после выходного на своё стойбище в наш маленький шахтно-металлургический городок. Настроение было странное. Как будто меня провезли в автобусе с одним большим окном через какой-то задорный городок. Маленький, без дыма и алкашей, без угрюмых очередей и бесконечных семейных разборок. Жители городка были смешливы и симпатичны. Я хотел с ними пообщаться, но автобус не остановился. А впечатление осталось. Но тут мой настоящий автобус влетел в колдобину, я стукнулся коленями о подбородок и пришёл в себя.

Конечно, никакого такого городка не было. Просто я еще был под впечатлением от встречи с этим театрально-эстрадным молодёжным коллективом. Я видел другие коллективы молодёжных театров в других городах. Этот был в чем-то другим. В чем- не понял еще.

Где-то через неделю этот театр приехал на гастроли в наш городок. Билеты в кассах исчезли через минут пятнадцать после начала продажи. Ну, это потому, что слухи дошли из большого города. После работы я возник у так называемой грузовой двери, через которую все атрибуты гастролёров завозятся в театр. Пришёл я вовремя- как раз начинали заносить ящики и мешки с реквизитом.

Моему появлению уже не удивились. После часа таскания чемоданов и кабелей меня поблагодарили и пригласили на спектакль.

Бесплатно. Конечно же, я пришёл. И сидел не в ложе, а где-то в десятом ряду рядом со звукооператором и его микшерским пультом.

Зал был переполнен. Мне не приходилось бывать в **Grand Opéra**, но платья дам,-язык не поворачивается сказать просто *женщин*, - были впечатляющие. Я не кутюрье, но могу точно сказать, что в очереди за мороженной рыбой в таких не стояли. Мужчины выглядели элегантно от природы. Невозможно было представить, что многие из них явились после шестичасовой смены в забоях. Или в доменных цехах.

В репертуаре этого молодёжного театра была всего одна пьеса. Это была комедия Никколо Маккиавелли, «Мандрагора.» Тема прекрасной, но высокоморальной жены, тупого, но ревнивого старика-мужа, безумно влюблённого героя и пронырливого слуги, всегда актуальна. И зал смеялся. Ибо сущность супружеских отношений между молодой женой и старым мужем измениться не может в принципе.

Постановка была нетрадиционная. Все было сделано по законам варьете. И получилось очень интересно. Безусловно, когда на афише напечатано *Театр- варьете,* то многие, я уверен, считали, что впервые при советской власти, голые девахи будут раскачиваться на качелях прямо над зрителями. То, что варьете, вакханалия, и вертеп начинаются с той же самой буквы, помогало заблуждению.

Но никто ни на чем не раскачивался, никаких голых- а все смешно и интересно. Молодых актёров и актрис узнавали на улицах и в магазинах. А гастроли всего-то четыре дня.

Я побывал на всех спектаклях. И, конечно, после каждого я помогал убирать сцену и складывать реквизит. Ко мне привыкли и даже доверительно шепнули, что начальник над всем этим- муж Эдиты Пьехи. Второй. Но уже бывший.

Завтра последний день этот коллектив проведёт в нашем городке. Меня пригласили принять участие в прощальной вечеринке. Известно, что настоящий театрал должен влюбиться в одну из актрис. Это обязательно.

Я был скорее грузчиком, чем театралом, но за эти несколько дней успел влюбиться. Это было несложно, так как все актрисы (молоденькие студентки) были симпатичные.

Я понимал, что покупка цветов и коробки шоколада выбьет меня из бюджета где-то на неделю. Как минимум. Но одним из характерных признаков влюблённости является грандиозная глупость, переходящая в вяло текущий дебилизм.

Я купил, доставил, вручил. Получил в ответ милую улыбку и сестринский поцелуй в щеку.

На последний спектакль я пригласил своего хорошего знакомого из другого металлургического городка. Всего два часа на поезде от меня. Он приехал, прошёл со мной на спектакль (мне уже было позволено провести еще одного) и восхитился увиденным.

Так как мой сосед по комнате ненадолго уехал, я смог своего знакомого разместить на матрасе в нашей комнате. То, что я матрас положил на пол, роли не играло. Мы не спали всю ночь. Нам обоим захотелось сделать этому молодёжному театру необычный подарок. Мы сложили мозги, раздобыли несколько листов ватмана, клей, гуашь, карандаши.

Абсолютно уникальное чувство юмора моего знакомого, его ментальный артистизм и абсолютно не свойственная большинству ироничная аристократичность воплотились в нашем проекте. Это было что-то типа стенгазеты с текстами, карикатурами, анекдотами, самодельными пародиями, стихами, лёгкими издёвками, да и всем тем смешным, что мы хотели преподнести этому коллективу.

Утром мы пришли в гостиницу, где уже готовились к отъезду эти молодые актёры и актрисы. Когда мы отдали им свёрток, они несколько настороженно его развернули. И на них глянула наша газета-диплодок. Это был один из тех редких случаев, когда эмоции не игрались и не переигрывались. Они были шокированы. В хорошем смысле явно.

Пародии читались вслух, стихи декламировали с листа сразу несколько. Мы тактично рисовали шаржи на ребят только. Поэтому девушки заразительно смеялись, легко угадывая предмет шаржа.

Уходить не хотелось, но им надо было уезжать. Моя влюблённость обняла меня и поцеловала. Сестринского в этом поцелуе было намного меньше, чем накануне. На память от неё я получил программку, где было написано всего два слова, **Я помню…**

 По-моему, мой знакомый тоже не остался за дверью. Я сужу по тому, что всю дорогу до автовокзала он как-то смущённо улыбался и был непривычно неразговорчив. Это был коллектив, созданный студентами театрального института самого великого города страны.

 Искрометность, тонкий баланс на грани между *нельзя и немножко можно*, лёгкая интерпретация классики… И все это в стиле варьете, когда ведущий почти все время на сцене. Но он не стоит болванчиком. Он рассуждает, объясняет, ссылается на что-то или кого-то. В постоянном контакте с аудиторией. Аудитории это нравится. И при этом он расставляет реквизит, как работник сцены. Ни секунды без дела. Это западный стиль, которого мы не видели еще долго.

И в результате появилось то, что в моих глазах отличает этот коллектив от тех, что я видел ранее. А поскольку я не театровед, то скорее всего, это мнение присуще другим не театроведам. Это значит, что нравится многим. А это значит, что получилось.

Шибанутый

В каждом районе города есть свои, родные, сумасшедшие. Вот, например, в соседнем районе был один, который каждый день заходил в местный универмаг и, размахивая настоящей шашкой, громко возвещал: «Всех порублю!» Некоторые утверждали, что в действительности он просил: «Со всех - по рублю!» Понятно, для чего.

Я его видел ни один раз, но мне не казалось, что ему на жужку[1] не хватает. Он ничего плохого не делал, проходил по всем двум этажам универмага, почему-то ненадолго задерживался в отделе "Дамское белье," и это все.

Возле нашей школы периодически появлялся другой, который ходил в зимней офицерской шинели в любую погоду. Да, и в полковничьей папахе. По возрасту он не дотягивал лет шесть до полкового барабанщика. Вид у него был злобный, набыченный и он часто вслух не любил евреев. Он называл их кратко, по-народному. Но громко.

А вот в нашем районе был свой, совершенно уникальный сумасшедший. Звали его Мотя. В любую погоду он ходил в белой рубашке и в галстуке. На ногах-шлёпанцы. Лысый и в очках. По сравнению с ним любимый герой Шолом-Алейхема, Менахем-Мендл, выглядел бы, как кубанский казак. То есть, более иудей-скую внешность тяжело даже представить.

Он ничего не кричал, никого не трогал, ходил чуть сгорбившись. И когда ему кричали: «Эй, Мотя, давай вдарим по чифирю![2],» он только смущённо улыбался. Он часто появлялся в центре города, никогда не заходил в магазины и никто не видел его с покупками. Почти каждый день я встречал его на улице. Он не избегал взгля-дов и просто шёл по улице. Не быстро, а, скажем, деловым ша-гом. И никто не слыхал, как он говорит.

Летом все выглядело достаточно обычно. Все в белых рубашках. Некоторые даже в галстуках. Я о мужчинах, естественно. А вот в осенний дождь вид Моти, спокойно идущего по улице и на ходу протирающего очки носовым платком, слегка напрягал. И, есте-ственно, зонтиком он не пользовался.

Но зимой лично меня мороз продирал по коже, когда я видел иду-щего его по заснеженной улице, аккуратно обходящего сугробы и вежливо пропускающего снегоочиститель на перекрёстке. Да и, ви-димо, продирало по коже не только меня.

Мотя шёл, не сутулясь больше обычного, спокойным шагом чело-века, уверенного во всём, что впереди. Или, вообще не верящего, что впереди что-то ждёт. Изменения температуры, силы ветра или других природных феноменов его не касались. Он был выше этого.

Возраст? Не знаю. Но белая рубашка всегда была чистая и гал-стуки он периодически менял. Конечно, никто специально не

следил за ним. Просто все было уж очень заметно. Да, и шлё-
панцы он носил на босые ноги. Все выглядело так, как будто он
пришёл с работы, только снял обувь, а потом что-то вспомнил и
вышел в подъезд, скажем, достать газету из почтового ящика.

К нему привыкли, как к городскому фонтану. Его никто не травил,
не преследовал. Мальчишки-сявки над ним не издевались и не
подначивали. И где он жил я не знал.

Все понимали, что сумасшествие — это болезнь. Что эти больные-
просто несчастные люди. И если больной не агрессивен- то никаких проблем. Живёт человек, как птичка божья. Чем живёт, как живёт — это никого не интересовало. Раз милиция не трогает — значит, все в порядке.

Дома я как-то поделился своими наблюдениями. Мои родители никак не прокомментировали.

Однажды в морозную зимнюю пору, а было это в воскресенье, я,
наконец, добрался домой после многочасовой лыжной прогулки.
Обычно в таких случаях я заливался под ободок горячим чаем с
малиновым вареньем и нагруженный 12000% кислорода из зим-
него леса, валился на диван, не разу не подумав о не сделанных
на завтра уроках.

В этот раз не пришлось. У нас были гости. Некстати, - подумал я.
Но гостей не было. Был один-Мотя. Он сидел за столом. Напротив
него сидели мои родители. И шёл оживлённый разговор. Сказать, что я слегка ошалел-вообще ничего не сказать. Потому, что
говорили все. И даже смеялись.

Я сначала решил, что это все у меня от переизбытка кислорода с озоном и, скажем, минут десять у выхлопной трубы соседского *Москвича* вернут меня в нормальное состояние.

Но все было взаправду. Меня представили Моте. Он улыбнулся, кивнул головой, и разговор вернулся в то же русло.

Я пошёл на кухню, сделал себе где-то полведра чая с малиной и от нахлынувшего тепла уснул, облокотившись на холодильник *Саратов-2.*

Меня никто не гнал из комнаты, где шёл разговор. Но инстинктивно я почувствовал, что лучше не торчать там. Захотят родители- сами расскажут. И я оказался прав.

Спустя несколько дней моя мать мне рассказала то, что посчитала нужным. Мотя, или Моисей Залманович, был доцентом в мединституте, где моя мама была совсем молодым, еще зелёным аспирантом. Он был одним из учеников академика Льва Зильбера.

На одном учёном совете Моисей Залманович, будучи слегка эмоциональным, высказал все, что думал не только он, но передовая научная знать Запада об академике Трофиме Денисовиче Лысенко и его взглядах.

Мало того, на кафедре, где он работал, Моисей Залманович высказался в том ключе, что безграмотность ведёт себя так нагло потому, что безграмотность царит и на самом верху. А дальше все произошло, как по утверждённому сценарию. Через несколько дней, когда он пришёл с работы домой, а жил он, к счастью, один, и начал химичить на кухне насчёт чего-нибудь поесть, за ним пришли.. Вернее, приехали.

Показали бумагу, что все, мол, по закону, и забрали, как был- в шлёпанцах, белой рубашке с галстуком. И это все.

Почти неделя в товарном вагоне. Да, и это было зимой. Фуфайку, которую ему на одном из полустанков бросили в вагон, отобрали блатные. А потом от конечной станции до лагеря их, человек пятнадцать, отборных, так сказать, везли где-то километров триста в открытом кузове грузовика. О нет, естественно конвоиры были в тулупах до глаз.

  Моисей Залманович был, - как и взяли,- в белой рубашке и галстуке. И, конечно, в шлёпанцах. Может, и не триста километров, может меньше. Кто там мерял? Но то, что везли несколько часов на ледяном ветру в открытом кузове-это точно.

Когда, наконец, прибыли, то с выгрузкой зэков не было проблем: огромный смёрзшийся ком бывшего человеческого мяса просто с громким стуком свалили из кузова на ледяную землю. И так, для справки, ближайшим населённым пунктом был Магадан.

Вот это то, что моя мать посчитала нужным мне рассказать. Понятно, что после магаданских зим наши несчастные минус 15 градусов мороза вообще не в счёт.

Остаётся добавить, что никто в лагере не звал Моисея Залмановича Мотей. Как он рассказал моим родителям, когда из замёрзшего кома бывшего человеческого мяса лежащего у колёс грузовика, поднялась фигура в белой рубашке и галстуке-это, вероятно, впечатлило. И, при этом, в очках и тапочках на босую ногу. Первое, что фигура услыхала, это-Шибанутый![3]

Вот так все в лагере его и звали.   И только спустя время бывший доцент мединститута Моисей Залманович узнал, что это означает.

1-   Дешевый алкоголь низкого качества
2-   напиток, получаемый вывариванием высококонцентрированной заварки чая. Обладает психостимулирующим действием.
3-   покинутый, оставленный; шмякнутый, одинокий, запущенный, выброшенный

Молитва атеиста.

Господи, спаси своё дитя-Израиль!

Рисковое дело

Поскольку в институтский курс "Марксистско-Ленинская этика,"
судя по названию, входили Маркс и Ленин, то Эпикуру там места
не было. Школьная программа также не включала в себя ни один
из трёхсот, навсегда пропавших, его трудов. Но зато в нашем
полу-шпанистом дворе Эпикура знали и относились к нему с пие-
тетом. Обычно это оговаривалось так,

- С горла̀ будешь?

-Чево?

-Да не чево, а Эпикур сказал, что надо!

Кто такой Эпикур я не знал. Но как такое может быть, что дворо-
вое хулиганье знает, а я- сын одной из немногих интеллигентных
семей в нашей четырёхэтажке- нет? Начал узнавать.

Оказалось, что Эпикур — это не кличка и что его уже нет в жи-
вых. Всего-навсего двадцать четыре века.   И его теория, что жить
надо для удовольствия, вполне совпадала с моим мировоззре-
нием. Это на тот момент. И вплоть до женитьбы.

Спустя какое-то, очень недолгое время, стоя в очереди за детским питанием,- не для себя, естественно,- я пришёл к выводу, что Эпикур явно не был женат. Ну, древний грек, чего от него ждать? Они, все древние, были неженаты. Гетеры-то для чего?

 Кто видел женатого мужчину, который целый день пишет комедии, как Аристофан? Или ходит и рассуждает вслух, как Платон? А может играется с параллельными линиями, как Эвклид? Женатый человек может создать семью. Может создать даже несколько. Но не ожидайте, что он напишет трактат о медицине или, скажем, «Апрельские тезисы.»

Цивилизации создаются неженатыми. Ну, скажем, такими как Леонардо, Микеланджело, Руссо, Коперник, Галуа, Ньютон, Генри Кавендиш, Ван Гог...

И создаётся это все для женатых. У женатых нет времени на цивилизацию. Их удел обозначен в Торе: «Плодитесь и размножайтесь.» А таблицу логарифмов пусть кто-нибудь другой изобретает.

Исключения среди женатых, которые чего-то сделали для цивилизации, конечно существуют. Ну, скажем, Моцарт, Генрих Восьмой, Бернард Шоу, Эйнштейн, Максим Галкин, Никита Михалков, Хью Хефнер. Их вклад известен.

Ни один нормальный человек не может представить, как из окна раздаётся крик,

- Евклид, мусор я тоже должна выносить?
А он как раз работает над пятой аксиомой.

То есть, другими словами, я пришёл еще к одному выводу, (это еще в той же очереди), что Эпикур не прав. Смысл жизни не в удовольствиях. Это ничего не приносит кроме диабета, раздутой алкоголем печени, и неприличных заболеваний.

Смысл жизни - в риске. Все, что мы ни делаем, абсолютно все- это риск. Ну, так, для примера. Рождение- огромный риск. Во-первых, вы без понятия кто ваши родители. Когда вы, наконец, это узнаете- уже ничего не сделаешь.

Во-вторых, вас никто не спрашивает, хотите вы родиться или нет. Если начнёте упираться- вам же хуже: вытащат хоть за ноги, хоть за голову.

Каждая минута жизни — это игра в шансы.

Ну откуда вы можете знать, что на столе стоит банка с томатным соком? Из-под стола вам же этого не видно. Что бы было видно, вы тянете за скатерть. Результат? Вы лежите на полу под скатертью. По всей скатерти- томатный сок. С порога комнаты вашей маме все это видится, как детское тельце в саване и в крови. Риск, что отныне вы будете большую часть времени сидеть на цепи резко возрастает.

Про детский сад вообще можно не говорить. Любой скажет, что вы вряд ли донесёте свой восторг до горшка после выпитых подряд трех стаканов компота из чернослива. Риск налицо!

Школа. Вы научитесь здесь всему, чему в школе обычно не учат. Ну, например, играть в "коробок," плеваться через ноздрю, свистеть в согнутый палец. А также , шевелить ушами, и мазать, школьную доску остатком колбасы из бутерброда.

Сюда же относится и искусство мочиться из положения "мостик" (это в туалете, естественно), и, скажем, есть кусковой мел прямо на глазах у всех. Жевать смолу, из которой делали оболочки для батареек, тоже за час не выучишь

Конечно, я говорю о школах, которых уже нет и в помине.

Тот, кто не учился плевать через ноздрю, никогда не поймёт, с каким риском связано это умение. Достаточно сказать, что на первичном этапе ходишь в соплях и слюнях. Это буквально.

Говорить же о риске связанном с умением мочиться в туалете из положения "мостик" - трата времени. Достаточно умозрительно себе это представить. Это умение дано очень немногим. Как и лазать по гимнастическому канату вверх ногами.

Взросление же в дворовой атмосфере многоквартирного жилого дома не имеет ничего общего с жизнью придворных, скажем, при Екатерине Второй.

Про обучение куртуазным понятиям я умолчу, ибо эта тема очень специфическая. Как и используемая терминология.

А вот такие милые забавы, как дымовухи[1], бутылки с карбидом или капсюли на трамвайные рельсы- это как курс молодого бойца. Здесь понятие *риск*- это главная составляющая. Дымовуха может нырнуть тебе за пазуху. Или упасть на голову. Бутылка с карбидом- рвануть у тебя в руках.

А про игры с термитом – это даже не риск, а тройной риск. Таких малых как я к этому не подпускали. И не потому, что переживали за наше здоровье. А потому, что мы своими лапками могли все испоганить и свести эффект к нулю.

Но уже в институте подходишь к высшей степени риска. И это не восхождение на К-2 или месяц в джунглях Белиза. Это- анекдоты. Нигде, ни в одной стране мире к анекдотам не относились так трепетно, как в бывшей стране молочных рек в кисельных берегах.

 Прощалось почти все, но не политические анекдоты. Конечно, можно было травить безнаказанно анекдоты о Вовочке, об армянском радио, о тёщах, о Василии Ивановиче. Та, пожалуйста. Но упаси бог упомянуть небожителей Политбюро.

Родители неустанно напоминали о недопустимости, во-первых, рассказывать политические анекдоты, а во-вторых, ни в коем случае не слушать их. Эти наставления не были теоретическими. Знаменитая фраза Сергея Довлатова о четырёх миллионах доносов – это не проба пера.

Но кто слушает родителей, когда компания подыхает со смеху, когда ты имитируешь выступление Главного на очередном съезде. Никто не сидит с серьёзным лицом и не делает заметки на манжетах. Хохочут все.

 Но как потом все это становится известно? А чего тут хитрого? Это же не секретное общество, все открыто, никто не прячется. И, как круги на воде, пошло-поехало. И, конечно, случайно, попало в нужную ушную раковину.

 И все! На поездку из города Сумы на отдых в город Плоешти, -это в Румынии, - можно не рассчитывать. Даже больше! Какое там, к черту, Плоешти! Даже на задрипанный лыжный курорт Теллурид, что в штате Колорадо, - а это в Америке,- можно не замахиваться.

А на месяц в колхоз – никаких ограничений. Даже упрашивать будут.

Можно запретить все, но не анекдот. Риск, связанный с рассказыванием анекдота- большой. Ибо не дано тебе знать, какой дебил его слушает.

 Потому что дебил может быть отличным математиком, классной девчонкой, но с анекдотами- пониженная проходимость. Я спустя годы узнал, что в моей студенческой группе из 12 человек был один, который доносил. Вернее, это была она. Симпатяга, не дура, в жизни бы не подумал.

 А я перед ней козлёночком прыгал, упивался своим красноречием, её неподдельным вниманием. Раздалбывал в пыль сенильное Политбюро, делился тем, чего наслушался через Немецкую Волну, ВВС, и Голос Америки (80% выдумал, чтобы было интереснее.)

Другими словами, вёл себя, как хрестоматийный деревенский дебил с прущими наружу гормонами.

Я даже дошёл до того, что начал перед ней классифицировать анекдоты (это уже клиническое состояние.) Где-то это выглядело так:

Анекдот — это короткая смешная история. Но это абсолютно беззубое и пресное определение. Это, как сравнить куклу Барби с 20-летней Элли Макферсон.

Это не исследование истории анекдота, и я не собираюсь приводить пример анекдотов 17-18 веков. Те анекдоты были длиннее воскресной проповеди в методистской церкви. И где-то такие же серьёзные.

У нас же анекдоты были может быть единственным способом сохранить ментальную ясность.

Анекдот — это живое существо. И как все живые существа он бывает разных категорий. Ну, я б сказал, что анекдоты делятся на младшие, взрослые , продвинутые и сенильные.

Ну, например, типичный анекдот **из младшей категории:**

Пациент в госпитале. Умирает. Его доктор старается как-то его поддержать:

-Ваш пульс нормальный Ваши сердце и лёгкие в полном порядке. Никакой горячки.

-Спасибо, доктор. Рад слышать это. Вы знаете, это так приятно когда знаешь, что умираешь совершенно здоровым.

Взрослая категория.

Звонит телефон.

-Алло? Слушай, старик. Ты читал сегодняшнюю *Правду*? Ты не поверишь, что в ней напечатали!

-Что? Скажи, наконец!

-Ты чего, мозгами ударился? Я не могу это рассказать по телефону!

Более старшая категория.

Только что закончилось всесоюзное соревнование на лучший анекдот. Первая премия- 25 лет лагерей без права переписки. Вторая премия- 20 лет в Севлаг, и две третьих премии- 10 лет в колонии общего режима.

 Продвинутая категория.

Японский турист приехал в СССР. Ему показывают все, что только можно.

-Вам понравился наш машиностроительный завод?

-Очень каласо!

А как вам наша автоматизированная линия по сборке автомобилей?

-Очень каласо!

-А ваше мнение насчёт нашего общественного транспорта?

-Очень каласо!

Ну, а как общее впечатление?

-Ужасное!

 Сенильная категория.

Москва. Всесоюзная партийная конференция.

-Дорогие товарищи! Очень скоро мы не только догоним, но и перегоним Америку!

-Здорово! Но давайте её только догоним. Не надо перегонять.

 -Но, почему?

-Потому, что если мы их перегоним, то они увидят наш голый зад!

А вообще, взаимоотношения между анекдотами, рассказчиками и слушателями прекрасно иллюстрируется следующим:

Судья выходит из зала заседаний, весь трясётся от хохота, вытирает слезящиеся глаза трясёт головой. И хохочет не переставая. Его коллега удивлён,

- Что случилось? Чего ты так заливаешься?

-Да только что услыхал потрясающий анекдот. О, господи, лопнуть можно! Это что-то неописуемое!

- Ну, расскажи!

-Ты чего, с ума сдвинулся? Я только что присудил этого парня к 15 годам!

Вот почему я и утверждаю, что анекдоты- это не поход на Эверест или нырок в Марианскую впадину. Это таки рисковое дело. Особенно, если очень внимательно слушают.

1 кусок фотоплёнки заворачивается в фольгу. Один конец нагревается спичкой. В результате получается маленькая ракетка. Но летит с выкрутасами. Непредсказуема.

www.ingramcontent.com/pod-product-compliance
Lightning Source LLC
Chambersburg PA
CBHW021955170726
47994CB00021B/410